30日後に死ぬ僕が、君に恋なんてしないはずだった

茉白いと

STARTS
スターツ出版株式会社

太陽を浴びたら、君に会いに行けると思ったんだ。

目次

30日後に死ぬ僕が、君に恋なんてしないはずだった

第一章　薄暮で得られるものは安心だけだった

薄暮《はくぼ》と呼ばれる時間帯が好きだった。

世界が橙《だいだい》色に染まるその瞬間は、いつだって心を落ち着かせる。白く輝く星は、控え目に淡い青の中に佇《たたず》んでいて、次第に輝きを増していく。

ゆっくりと、濃紺《のうこん》とした夜に覆われる空を、いつも見上げていた。

体内から滲《にじ》んだ汗が、輪郭《りんかく》を静かに辿《たど》っていく。

ぽたり、地面に汗が染《し》み、まだ流れ落ちようとしている汗をワイシャツの袖口《そでぐち》で拭《ぬぐ》った。

灼熱《しゃくねつ》の太陽がグラウンドを焼き尽くしている。

「なあ、真夏に長袖で暑くねぇの？」

教室の窓枠《まどわく》からその光景を眺めていると、クラス一空気が読めないと評判の高岡《たかおか》から無神経な一言をぶつけられ不快さが募《つの》った。

ちらり、視線を上げ、すぐにゆらゆらと揺れる世界に戻しながら、

「……暑いに決まってるだろ」

我ながらぶすっとした返しをする。

体育だからと教室のエアコンを切られ、手洗い場から戻ってきた俺を待ち受けていたのは、サウナと化した熱帯空間だった。再び冷やそうと電源をつけたが、エアコン

は古く、全体に冷気が回るまで時間がかかる。

「いやぁ、あっちいわ。エアコンつけようぜ……ってついてる！」

驚愕《きょうがく》の事実とでも言わんばかりに大袈裟《おおげさ》なリアクションを見せている高岡を横目に、視線は目下《もっか》のグラウンドへと流れた。

炎天下の中、サッカーをさせられているクラスメイトたちはあと三十分もすれば干《ひ》からびているはずだ。

そんな俺も、周囲から見れば可哀想《かわいそう》だと同情を招くのだろう。長袖のワイシャツに長袖のニットという格好であれば、憐《あわ》れみを向けられてもおかしくない。

「なんだっけ、呉野《くれの》の病気」

エアコン騒動を終えた高岡に声をかけられ、唐突に切り出されたその話に渋々《しぶしぶ》口を開いた。

「……色素性乾皮症《しきそせいかんぴしょう》」

「いえす！　もしかしてあの太陽って直接浴《あ》びたらヤバイ感じ？」

ずけずけと、触《ふ》れられたくない核を無遠慮《ぶえんりょ》についてくる。空気が読めないという評判はいささかも間違いではないらしい。

「……まあ、ひどい火傷《やけど》になるだろうね」

「へえ、ひどい火傷。それって皮膚《ひふ》がどうなんの？」

極めて無神経な男だ。ぐっと顔に力が入ると「露骨《ろこつ》に嫌そうな顔するなよ」と笑い飛ばされる。

「……発疹《ほっしん》とか水ぶくれができたり、赤みや腫《は》れが引かなかったり」

「危なっ！　太陽浴びただけでそんなことになんのかよ。こえー。だから呉野って外にいる時は日傘《ひがさ》とかさしてんだな。長袖じゃたしかに庇《かば》いきれないだろうし。ほほう、なあ、俺でも分かるようにもっと説明してくんない？」

ペラペラと一人で話しては一人で完結している。日傘は太陽が出ている時だけで常にさしているわけじゃないという詳細は必要ないらしい。

「……興味ないだろ」

「興味ならあるよ。俺以外にも、呉野と話してみたい奴いると思うし。呉野が一匹《いっぴき》狼《おおかみ》だから皆近づけないいんだよ」

「は……？」

自分にそんな言葉が使われるとは思わず、一瞬耳を疑った。一匹狼なんて、そんなかっこいいものじゃない。

「意味が分からない」

好きでこうなったとでも思っているのだろうか。少なくとも、病気のせいで周囲は俺から離れていったのに。

「だって呉野、いつも他人を近づけねぇから……はあ、もったいな。お前、人生かなり損してるぞ。もっと遊んだ方がいいって。……あ、じゃなくて、呉野の病気。難しいのなしで教えてくれって」

一回流れた病気の話が再び勢いよく戻ってきた。どうやら本当に興味があるように見える。

「……病気は、まあ……本来なら遺伝子《いでんし》がどうにかこうにか頑張って日差し受けても日焼けで済むのが普通だけど、俺の場合はそうはいかない」

「呉野の遺伝子が頑張れねぇのか？」

「そんなとこ。紫外線《しがいせん》が蓄積《ちくせき》されていくと、皮膚がんになりやすいから」

つまり、俺は生まれてから日の光が浴びられない身体をしているわけで、どんなに灼熱地獄の日であろうとも、長袖を着て肌の露出《ろしゅつ》を控えなければならない。

そして、この病《やまい》が死に至る病気だということ、大人になることができないことは、周囲に隠している。もちろんこの場で高岡に言う必要性も感じられない。

「それって治ったりすんの？」

パーソナルスペースガン無視の男の黒髪《かみ》が日に当たると赤く見える。以前、赤く染めたと豪語していた話を思い出した。

「今のところ治療法はない」

そんな偽《にせ》黒髪から視線を外し再びグラウンドを見やる。

「えーじゃあ、どうすんのさ」

「……極力、直射日光を避《さ》けるしか」

「完全防御とか無理じゃね？　だって俺らディーケースリーだぜ？」

「何それ」

「男子高校三年生」

「ああ……」

聞きなじみのない横文字をようやく理解したところで、ふっと息をつく。

まさか一番共に過ごしたくない男と体育の見学が被《かぶ》るなんて思ってもいなかった。

「そっか、大変だよなぁ。太陽と相性合わないとか、そんなもん生まれてから言われたって遅《おせ》ぇよって話だろ。あれだよな、結婚してから相手にいろいろと問題が発覚したっていうのと同じだよ。結婚する前に言えよってやつだな」

「そこイコールになんの？」

「なるなる。そういう問題だろ？」

「……ちょっとズレてると思うけど」

まさかこの病が結婚と同じように例えられるとは思いもしない。高岡の着眼点というのはずいぶんと斜め上にあるらしい。

「でも今日はジャージ忘れて正解だったわ。呉野と話せたし」

「……それはどうも」

人と関わらないようにと生きてきた俺に、高岡はグイグイと距離を詰めてくる。

「しかも呉野とマブダチになれるなんて思わなかったし」

「いや、なった覚えがないけど……」

「俺が親友だって思ったら親友になるんだよ」

「…………」

「おいおい、そんなあからさまな拒絶を向けてくるなって。誤解してるかもしれねぇけど、俺は軽い人間じゃないからな」

「……へえ」

「信用度ゼロ！　はは、すげえ、笑える」

空気が読めなくて、うるさくて、それから知的能力が劣《おと》っている。つまりは馬鹿《ばか》なのだろう。高岡とはそういう男らしい。

「俺らの仲だもんな。これからも上手《うま》くやっていこうぜ」

「……いや、放っておいてくれ」

デリカシーがないとは思っていたが、まさかここまで人との距離を適切にとれない男だとは思いもしなかった。

「そんな分かりやすく距離をとるなよ。照れる呉野も可愛《かわい》いけど、俺はもっとこう強引な方が好きだぞ。あ、でも男を好きになる趣味はないけどな。ごめんな」

……いや、なんで俺が振られたんだよ、今。

しっかりと高岡という男にドン引きしていると、どっと疲れが押し寄せる。ぐったりとしてしまうのはきっとこの暑さのせいだけではない。


選択授業を美術にしたというのは失敗だった。

むわっとした熱気の中で、油絵の具の匂いが鼻を刺激する。ツンとしたこの匂いには、数回足を踏み入れただけではどうも慣れてくれないらしい。

イーゼルを準備し、定位置へと置く。

先週までのりんごを描く授業が終わったため、別の課題に取り組むことになる。今度は何を描けと言われるのだろうか。

「さて、今週からはですね、人物画に取り組んでもらいたいと思います」

甲高《かんだか》い声と共に、年季の入った肌にしわが浮かぶ。にっこりといつも微笑《ほほえ》んでいるような印象のおばちゃん先生を、生徒は〝たえちゃん〟と親しみを持って呼んでいた。

ざわざわ、ほんの少し盛り上がった室内で、

「それでね、はい、ここととこセット、ここととここね、はいセットね。今ペアになっ

た人を描いてもらうから」

突拍子もない台詞《せりふ》を放ち、周囲が目を丸めて隣の人間と顔を見合わせる。

「あ、呉野くんのところで切れちゃうわね、それじゃあ後ろの吉瀬《きちせ》さんと組んでね」

まさかのたえちゃんの爆弾《ばくだん》発言に「え」と唇《くちびる》から小さな驚きが滑《すべ》る。それに重なるように、後ろから同じような音が聞こえた。

ちらりと、肩越しに後ろを確認すると、名前を呼ばれたばかりの彼女と目が合う。

「ねえ、せめて友達とか、仲良い子にしようよ」「わたし男子描きたくない」「は？　俺だって女子描きたくねえよ」

四方八方から飛んでくる不服を、たえちゃんは、ふふ、と肩を竦《すく》めて笑う。

「これも縁《えん》なのよ。たまたまってね、偶然のようで奇跡みたいなものだから。嫌よ嫌よも好きのうち、ってね」

可愛らしく微笑んでは「じゃあ、描いちゃってね」と柔らかく異論を跳ねのけてしまった。

思ってもいなかった組み合わせに、心臓《しんぞう》が変に音を立てて鳴りだす。

まだ、ひたすらりんごを睨《にら》んでいた方が良かったし、ごろごろと置かれている石膏《せっこう》像《ぞう》のラボルトと友達になるぐらい見つめ合った方が良かった。まさか、デッサンの相手が吉瀬弥宵《やよい》になるとは思ってもいなかったのだから予想外もいいとこだ。

クラスメイトの女子を描くなんて、そんなもの高校生の授業にぶち込んでこないでほしい。思春期は、異性の顔ですらまともに見られない現実があることを、大人は忘れてしまったのだろうか。

周囲はいまだに、この状況を受け入れられていないようで、照れ、恥ずかしさ、戸惑《とまど》いが室内に色濃く充満していた。その中に、俺もしっかりと含まれている。

イーゼル越しに目の前の彼女へと視線を滑らせる。睫毛《まつげ》を下に落としたその目には、綺麗《きれい》な翳《かげ》りが存在している。その奥にある綺麗な瞳《ひとみ》と目が合い、一瞬息が止まった。

「なんか……照れくさいよね」

視線がかちとはまり、彼女は苦笑を浮かべた。

ぎこちなく上がった口角に、「うん」とか「ね」とか、そんな単調なものしか返せない。それはつまり、普段いかに人とコミュニケーションを取ることを避けているかという事実が露骨に証明されているような時間だった。

「呉野くんを描くなんて緊張するよ」

「あ……俺も」

しかし、コミュニケーションどころの話ではないことも事実だ。

今までの学生生活で一番の特大イベントと言っても過言ではない、女子を描くというミッションが、俺の脳《のう》を支配していた。

「もしかして呉野くんってこっちの席の方がいい？」

「え？」

「ほら、そこだと日差しが入ってきて当たるのかなと思って」

「あー……そう、だね。廊下側にしてもらえると助かる」

見惚《みと》れていたことがバレないようにと取り繕《つくろ》えば、彼女は「もちろん」と笑う。席を入れ替える時、彼女の髪からふわりと漂った香りに心臓が持っていかれた。

「もしこっちが良さそうだったら言ってね。呉野くんだったら、太陽のクレーム受け付けるから」

「そんな、大袈裟だから……こっちで平気」

俺はまともに会話ができているだろうか。

同級生、ましてや女子と会話するなんて、どうも心の中が騒がしい。

ちらりと吉瀬を見ると、やけに色白だなと思った。太陽を浴びない自分の白さとはまた別の透明度の高い肌。

それからもう一度、彼女の大きな二重《ふたえ》の目に戻る。色素の薄い瞳は、蜂蜜《はちみつ》色のような輝きを放つ。――ああ、綺麗だな。

「呉野くん？」

吉瀬の声にハッとして我に返る。

「どうしたの？」

「あ、いや……なんでも、ない」

同年代の異性を見て、そんな感情を抱《いだ》くことは初めてで動揺した。

可愛いとか、愛らしいとか、そんな形容詞では補《おぎな》えないような品の良さが表れている。

緊張してしまうのは、吉瀬がただ女子だからなのか。それとも時々、男子が噂《うわさ》していたように彼女が美少女だからなのか、よく分からなかった。

ただ、吉瀬を描くのかと思うと肩におかしな力が入ったような気がして、背中にピンと緊張感が走る。

「あの、さ」

鉛筆を握りしめ、白紙とにらめっこすること数分。切り出し方に躓《つまず》きを覚えながらも、おそるおそる彼女へと顔を向ける。

「俺、絵とか下手《へた》で……上手く描けないと思うから、その、先に謝っとく」

絞り出すように出てきた言葉たちは、あとあとの保険。先にこうしてかけておいた方がいいだろうという弱さから見せた、彼女への謝罪。

情けない俺の一言に、彼女は少し驚きを滲ませ、それから困ったように眉《まゆ》を下げた。

「そんなこと言われたらわたしも下手だよ。呉野くんのこと、上手く描けない自信しかない」

「だからおあいこ」と、親しみやすそうな笑みを浮かべた彼女にほっとした。

否定的な言葉が返ってくるとは思わなかったけれど、きっと上手く言葉が交わせていることに安堵《あんど》したのだと思う。

「まさか呉野くんとペアになるなんて思わなかったなぁ」

「あ……ごめん。俺なんかで」

「もう、違うよ。呉野くんって誰かと話したりするのも嫌いなんじゃないかなって思ってたから」

「そんなことは……」

ただ人と話せなかっただけだ。吉瀬が思い描いてる姿とはかけ離れている。

「クールで大人びてるって印象だったの。でも今まで話さなかったのをちょっと後悔した」

真っ直ぐに、決して人を傷つけない言葉を使う彼女の言葉。どうしてこんなにも一直線に届くのだろう。

「……吉瀬の方が大人っぽいと思うよ」

「え、わたしが!?　そんなことないよ。だって今もレストランでお子様ランチ頼むから。全然大人っぽくないんだよ」

まさかの彼女の回答に頬《ほお》が自然と緩《ゆる》んだ。

「それは……たしかに大人では……」

「あ！　ちょっと呉野くん笑ったでしょ。お子様ランチいいんだよ？　見た目もカラフルだし美味《おい》しいし」

「うん、いいと思う……お子様ランチ」

「だから笑ってるんだってば」

もう、と膨《ふく》れながらも笑う吉瀬を見て、〝笑っているのは可愛らしいと思ったからだ〟ということを、どう伝えたらいいか言葉が見つけられなかった。

「お子様ランチはすごいんだからね。夢と希望を与えてくれるんだよ」

「そうだね、その通りだ」

「呉野くん、お子様ランチの偉大さを全然分かってないよ！」

あまりにもこの時間が楽しくて仕方がなかった。こんな時間が自分にも訪れるのかと驚いてさえいる。

ずっと、彼女を遠巻きに見ていた。

まるで引力が存在しているかのように惹《ひ》かれ、目で追っていた。きっとそれは、綺麗な蝶《ちょう》を見て興味を持つことと同じように思えた。

空を羽ばたく蝶を、俺は地べたの上からじっと見ているだけ。自分には無縁なのだと思ってきた。手を伸ばすことも、話しかけようとすら思ったこともない。

気さくで、優しそうで、明るさが光のように放たれている。そして真面目《まじめ》だ。勉学に対しても、そして、人に対しても。目を見て人と話すことができる彼女に、好印象を覆《くつがえ》されることはなかった。

「あ、でも呉野くんのりんご、独特だったね」

お子様ランチから何故《なぜ》かりんごの話に飛躍《ひやく》し、瞬《まばた》きを繰り返す。

「りんご？」

「ほら、席後ろだからどうしても視界に入っちゃって……あ、ごめん。勝手に見るなって話だよね」

「え……あ、いや、しょうがない、と思うし」

「ずっとね、呉野くんに聞いてみたかったの」

「うん？」

「あの絵のりんご、どうして欠けていたのかなって」

あまりにも予期せぬ指摘に、一瞬心臓を撃《う》ち抜かれたような衝撃《しょうげき》が走った。先週まで描いていたあのりんごが蘇《よみがえ》る。

「それは……」

「デッサンするりんごはどこも欠けていなかったよね？　それなのに、呉野くんが描いた絵のりんごは一か所欠けていた。それに、左右で色も違った。光と影……もしかしたら影は闇《やみ》だったのかな。たった一つのりんごなのに、二つの世界があるみたいで」

どこまで見抜かれているのだろう。吉瀬の強い眼差《まなざ》しに、答えが導き出せなかった。

「……意味は、ないよ。何も」

心の奥を覗《のぞ》かれているような気分になる。吉瀬の問いかけから逃《のが》れるように答えをはぐらかせば、彼女は困ったように笑った。

「そっか。ごめんね、変なこと聞いて。ちょっと印象的だったから」

「……普通だよ」

「普通ではないよ。呉野くんのりんごは、誰よりもリアルに描かれたりんごだったと思うから。たえちゃんもこの前の授業で言ってたけど、りんごを描くって簡単そうで実は奥が深いんだよね。ただの丸のように見えてるけど、実際は球体じゃなくて微妙な線の起伏《きふく》があるでしょ？　呉野くんの絵は線さえも捉《とら》えていて上手いって見入ってたの」

飾らない言葉は嫌味を感じることなく、すとんと心に落ちてくる。

「……そう見えてくれてたなら」

「見えてるよ。わたし、呉野くんの絵好きだったから」

恥ずかしげもなく俺の絵を好きだと褒《ほ》めてくれる彼女に、どこか心が弾《はず》んでいる自分がいた。

ふと、周りの喧騒が気にならなくなっていたのをこの時初めて気づき、濁流《だくりゅう》のように音が戻ってくる。そんな感覚を味わうのは、かなり久しぶりだった。

「俺から描いてもいいかな？」

彼女はうなずいて微笑んだ。

「モデルなんて務《つと》まるか心配」

「俺もそこに関して自信が持てそうにないよ」

彼女と話していると、どうしても浮かれてしまう。

「なんかポーズとった方がいいかな？」

手をぎきこちなく動かそうとしながら、姿勢を正そうとする彼女に首を横に振った。

「そんなことしなくていいよ」

「そう？　残念」

肩を竦めて彼女が笑うから、反射的にその笑みがうつってしまう。人前でこうして笑うのはどれぐらいぶりだろうか。

きらきらと舞う粒子《りゅうし》の先に、穏やかで優しい彼女が座っている。

結局その時間、彼女のぼんやりとした輪郭を描いて終わってしまった。

人との関わりを極端に避けてきたせいか、緊張と高揚《こうよう》感が絶《た》えず押し寄せ、鉛筆を持つ手の動かし方など分からなくなってしまっていた。りんごはあれだけするすると描けたはずなのに。

授業が終わっても、しばらくの間は余韻が抜けなかった。

片付けを終え、美術室を出ようとしていた俺にたえちゃんの声が届いた。

「あ、呉野くん」

振り返れば、ちょいちょいっと手招きをする仕草を見せているものだから、引き寄せられるようにまた室内奥へと引き返す。

窓際の椅子《いす》に座っていたたえちゃんは、いつだってここにいる。

柔らかそうな雰囲気と、ゆるりと巻かれた髪がふわふわとしていた。

「先週までの課題だったりんごの絵、すごく上手だったって話をしたかったの」

ついさっき、吉瀬に言われたような台詞が、別の声となって再び戻ってきたことに驚く。

「あの……自分で言うのもなんですが、特別上手い絵ではなかったと思います。実際、目の前にあるりんごを忠実に描いたわけではないですし」

吉瀬が言ったように、対象物のりんごは綺麗な形だった。どこにも欠けた部分などない。

それに、上手い下手だという話ならば、もっと上手く描けていた人だっているだろう。こうしてわざわざ呼び止められてまで褒められるような代物《しろもの》だとは到底思えない。

それでも、たえちゃんは静かに首を振った。

「わたしが言った上手はね、きちんとりんごを描けているからって意味なのよ」

「……どういうことですか？」

「呉野くんが言うように、忠実ではなかったかもしれない。けれどわたしが言いたいのは〝上手〟ってこと。りんごはね、誰でも描けるものよ。小さな子供だって描ける。でもね、少し難しい話をしてしまうと、影だったり、質感、触感《しょっかん》性なんかを忠実に描かないと本来のりんごを描くことはできないの。美術部員はそれを捉えようと必死に練習するし、なんとか描こうと努力するのだけど、呉野くんの場合は、自然にそれができてるの。それってものすごいことなのよ」

「はあ……」

さらに続く褒め攻撃に、さすがにこれ以上どんな顔をしていればいいのか分からなくなる。いよいよ顔が歪《いびつ》な形へと変化していきそうになったところで、

「それでね」

ぷつりと、攻撃が止まった。そこから放たれた矢に、意表を突かれた。

「──ちょっと本気で、絵を描いてみない？」

足元にあった蝉《せみ》の亡骸《なきがら》を危《あや》うく踏みそうになったのは、昇降口を出てすぐのことだった。

こんな場所にいて、よく今まで踏まれなかったな。

人生ならぬ、蝉生《せみせい》の最期を、こんな人の出入りが激しいところで迎えるなんて。思わず同情のような感情が湧《わ》いた。

どこか隅《すみ》に寄せたいと思ったが、虫全般が苦手であるために直接触れることは憚《はばか》られる。足でずらすのも忍《しの》びない。さてどうしたものか。

「どうしたの？」

振り返る間もなく、隣に並んだ吉瀬が不思議そうに俺を見上げた。夕日に照らされた黒髪が、今は夕焼け色を取り込んだように同じ色で輝いている。

「あ……いや、蝉が、いて」

ふわりと、柔らかい匂いが鼻腔《びくう》につき、同時に俺の心も擽《くすぐ》っていく。それを気づかれないように、視線を足元へと落とし、蝉の亡骸へと戻した。

「ああ、ほんとうだね」

彼女もまた、同じように視線を滑らせ「ここにいるのは危ないよね」と、俺に同調を見せた。

「……だからどっかに寄せようかと思ったんだけど」

「そうだね、その方がいい。踏まれちゃいそうだし」

俺なんかの意見にうなずいてくれるのかと少しだけ驚いたが、その直後の行動にさらに驚いた。

「せっかくだからお墓《はか》でも作ろうか」

そう言った彼女は、躊躇《ためら》いもなくコンクリートの上で転がっている蝉を手に取った。桜貝《さくらがい》のような小さな爪《つめ》と、白く細長い指で、ひょいっとつまんでしまったその光景に一瞬言葉を失ってしまう。

「え……」

「あれ、もしかして呉野くんって蝉、苦手なの？」

「い、いや……苦手というか」

「そうなんだ、じゃあ、はい」

自然な流れで渡されそうになる蝉に、声にならない叫びが飛び出そうになった。そんな俺を見て彼女は笑う。

「やっぱり苦手なんだ」

「……分かっててやったよね」

「ごめんね、でも呉野くんが誤魔化《ごまか》すからたしかめてみたくなって」

悪戯《いたずら》に成功した子供のような無邪気《むじゃき》な笑みは、初めて見る顔だった。そうか、彼女もこんな顔をするのか。

「……たしかに俺が素直に言わなかったのが悪いけど」

「お、認めるんだね。潔《いさぎよ》い、許してあげよう」

「認めることを求められていたんだ」

美術の授業のおかげか、すんなりと言葉のキャッチボールができている。

「でも今日は呉野くんの意外な一面が見れてうれしい。まさか蝉が苦手だなんて」

「……吉瀬だっていまだにお子様ランチっていう弱点を持ってるみたいだけど」

「わたしのは弱点じゃないよ。そもそも、ここで人の弱いところを出してくるなんてずるい」

「吉瀬が発端《ほったん》だけどね」

楽しいと、思ってしまう。女子とこうして掛け合うことも、今までの学生生活には一度だってなかった。

「お墓を作るならお葬式《そうしき》も必要だね」

「え」

またしても一瞬何を言われたのかのみ込めず、素《す》っ頓狂《とんきょう》な声で聞き返した俺に、彼女はもう一度、今度はゆったりとした口調で言った。

「お葬式をするんだよ。この蝉の。人だってするでしょう?」

「いや、まあ人はするけど……」

「蝉も同じ命あるものとして、きちんと弔《とむら》ってあげないとね」

果たしてそれは、同じ命として扱っていいのだろうかという疑問は残ったが、たしかに昆虫と霊長類《れいちょうるい》の差はあまりないのかもしれない。

同じ命として考える彼女の価値観を俺は珍《めずら》しいと思った。

虫を敬遠《けいえん》した俺が、まさか蝉のお葬式をすることになるとは。

吉瀬は「あの辺がいいかな」と、中庭の等間隔《とうかんかく》で並んだ木の下へと歩いていく。その背中に「あ、うん」と気後《きおく》れしながら追いかける俺は、なんとも情けない。

「よし、じゃあここを掘《ほ》ろうかな」

「え、……いや俺がやるから」

彼女の手を制止させるように、自ら素手《すで》で土を掘った。蝉に触れることができなかったお詫《わ》びと、桜色の爪を汚したくなかったという理由を密かに持ちながら黙々と土を掻きだしていく。

浅く、けれども蝉一匹埋まるぐらいの穴を掘ると、彼女はゆっくりとその亡骸を置いた。

「早く生まれ変われるといいね」

そんな綺麗な祈りを捧《ささ》げた彼女に思わず目を瞠《みは》った。

生まれ変わりを、地べたに転がっていた蝉に願ってあげられる人なのか。そんなこと、俺は考えもしなかった。

彼女が蝉を埋めようと土に手を伸ばしたのが見え、慌ててそれを遮《さえぎ》るように、さらさらと掘った土を戻した。

「次は何になるんだろうね、この蝉は」

「……どうだろう」

命が尽きたら終わり。けれど、吉瀬は生まれ変わりを願ってあげられる人らしい。こんな人が本当にいるんだという、まるで信じられないものを見てしまったという衝撃が、心に強いインパクトを残していく。

「もしかして、蝉を見つけるたびにああやってお墓作ってるの？」

埋め終わり、こんもりとした場所を見つめている彼女にそう問いかけると「ううん」と苦笑を滲ませる。

「蝉にお墓を作ったのは初めてかな。さすがに毎回してたら、この時期大変だから」

「そっか」

そう続けたあと、じゃあどうして今回はお墓を作ったのかということを聞こうとして、やめた。

適切な聞き方と、彼女と過ごす時間がどれぐらい自分にはあるのか見極められなかったから。もしかしたら早く帰りたいと思っているかもしれないと考えると、話を終わらせた方がいいと口を閉ざした。

黙り込んだ俺に、彼女は土を撫《な》でながら唇を動かす。

「でも、呉野くんがあまりにも可哀想な目で蝉を見つめていたから。放っておけなかったっていうのが本音かな」

彼女のまさかの回答に、逡巡《しゅんじゅん》してから「……ありがとう?」と不思議な返しをしてしまったことをひどく後悔した。

俺のためにしてくれたと言うのだから、もっと気の利《き》いたことを言えば良かったはずだが、出てきた返しは、自分の語彙《ごい》力のなさに呆《あき》れてしまう結果となった。

それでも彼女は「どういたしまして?」と同じように返し笑ってくれる。それから「わたしね、思うの」と小さな口がするすると言葉を紡《つむ》いでいく。

「知らないままでいたら、気にしなくてもいいことってたくさんあるよね。見て見ぬフリだってできる。知らなかったことにもできる。でもそれが自分に引っかかるものだったら、知ってしまったら、気にしないわけにはいかないよね」

微笑みながら、どこか傷ついたように笑う彼女は、もしかしたら今の言葉を自分自身に重ねているのかもしれないと思った。

「呉野くんの場合はそれが蝉で、蝉に気づいた呉野くんは、すごく純粋なんだなと思って」

「……そんなことないよ。そう思う吉瀬の方が純粋だ」

ああ、きっと吉瀬は似ているんだ。――俺の苦手なあの子に。

だから眩《まぶ》しくて、目を逸《そ》らしたくなってしまう。

無意識に下がっていた視線を上げると、輝くような笑みをこぼしていた彼女が、ひどく寂しそうに蝉の墓を見つめていた。

「……吉瀬？」

おそるおそる呼びかけると、彼女はハッとしたように顔を上げ、「ん？」とあの優しい笑みを浮かべ直す。

彼女から感じた翳りは綺麗さっぱり消えていた。

何を考えていたのだろうか。何が彼女を今、支配していたのだろうか。

あの顔を、俺はよく知っているような気がする。あの感情を。

「――あのさ」

漂う空気を壊したくて、躊躇いを覚えながら言葉を探す。

「今日、たえちゃんに授業のあと呼ばれて」

「あ、もしかしてこの前のりんごの絵のことで？」

吉瀬に訊《たず》ねられ、こくりとうなずくと、彼女は「そっか！」とうれしそうな反応を見せる。

「呉野くんのりんごは特別だったもんね！」

「……それで、絵を本気で描いてみないかって……秋にあるコンクールに出品しないかって言われたんだ」

たえちゃんからの誘いが、今でも頭の中でぐるぐると再生される。柔らかい表情は、とても冗談を言っているようには見えなかった。

美術部員でもない俺が、そもそもコンクールなんて無謀《むぼう》すぎる。けれど、たえちゃんはこう言った。

『呉野くんに、もしすることがなかったら、もし少しでも興味があるなら、絵に触れていてほしいと思うのよ』

することはない。部活に入るわけでもなく、帰宅部を貫いてきたこの三年間。中学は部活に入ることを強制され、幽霊部員でもいいとの誘いで卓球部に在籍した。もちろん、絵とは関わりのない生活。

ただ、このままでいいのだろうかとは思っていた。

いい加減、進路を決めなければいけないのに、俺はまだぼんやりとしている。もう夏なのに。高三の夏を迎え、もう卒業という二文字が迫ろうとしてきているのに、俺はこの先の人生をどう生きていきたいのか決められないでいる。

——いや、決める必要があるのだろうかと、思っている方が正しいのかもしれない。

それに触れないように、今を生きているだけで。

「どうしようか悩んでいて……」

「うーん、呉野くんは悩んでいるんだよね？　悩むってことは、〝やってみてもいいかも〟って思いがあるわけだよね？」

曖昧《あいまい》に首を傾《かたむ》けると、彼女はずいっと顔を近づけた。

「なら、コンクールに挑戦してみたらいいと思う！　わたしは、呉野くんが真剣に描いた絵を見てみたいって思うから」

あまりの近さに顎《あご》を引く。鼓動《こどう》が激しく波を打っていた。

「たえちゃんが言っていた縁がもしあるのだとしたら、わたしは呉野くんの絵を見て、呉野くんとペアになれたことに意味があるんじゃないかって思うの」

そんな俺の邪《よこしま》な心境など知らない彼女は、あまりにも強い眼差しで俺を射貫《いぬ》く。

「わたしね、呉野くんのあの絵がただ好きなんじゃないの。光だけじゃないってところが、綺麗事だけが並べられていないところが好きだと思ったの」

「え……」

「あのりんご、欠けているのは影になっていたところだったよね？　その構図にしたのは意味があるんじゃないかって。一枚の絵に二つの世界があるみたいで、見えているものと見えていないものが、呉野くんの絵を通して見えた気がした。きっと呉野くんは観察能力が長《た》けているのかもしれない。普段からいろいろなものを、いろいろな角度から見ているから描けるんだと思うんだ」

強い思いが彼女の声色から伝わった。

俺の迷いなんて一瞬で消失してしまったかのように、背中をぐっと勢いよく押されたような気分だった。

「吉瀬がそう言ってくれるなら……ありがとう、描いてみようと思う」

「ほんとう!?」

彼女はぱぁっと明るい笑みをこぼす。

「描けたらわたしにも見せてね」

彼女の頬が茜《あかね》色に染まり、夕日を反射させたように輝く。その美しさに目を奪われながら「もちろん」と、自然と口角を上げていた。

第二章　希望に穴が開いていく

朝起きてからのルーティンは、朝食と身支度と、それからクリームを身体に塗《ぬ》るということ。

紫外線防護クリームを塗ることで皮膚が保護され、皮膚がんになるリスクを軽減するらしい。

基本的に紫外線を極力浴びないように長袖だったり、マスクをしたりするものだから、このクリーム自体は気休め程度しかない。

それでも塗らなかった日は落ち着かないし、太陽の光はなおさら脅威《きょうい》に思えてしまう。

これだけはどうしても欠かせない。日光を浴びると、死に近づいていくような気がする。ヒリヒリ、ジリジリ、焦《こ》がされ、次第に灰《はい》になっていくような感じがたまらなく怖い。

「幸人《ゆきと》、クリーム塗ったの？」

朝から不機嫌《ふきげん》そうな声がリビングから飛んでくる。仕事で疲れていると言わんばかりの疲労をその声に感じながら「うん」と手短《てみじか》に答え、玄関へと廊下を突き進む。

「もう、朝ぐらいちゃんと食べなさいって」

振り切ろうとしたその声は、いよいよ扉《とびら》を突き破るように聞こえてきた。

眉間《みけん》にしわを寄せた母親の顔など、朝から見たくない。

「朝は食べる気にならないから」

「だからって、昨日の夜だってあんま食べてないでしょ」

作り置きされていた夕食を、少しつまんでは流しに放り込んだ。

食欲はここ最近ない。食べようと思うと、何だか全身が重たくてしょうがない。

「あんたのこと心配して言ってるんだからね」

「うん……」

そんなありがた迷惑な善意などいらない。

さっさと出てしまおうと、ずんずんと歩みを進めた。

『太陽と相性合わないとか、そんなもん生まれてから言われたって遅ぇよって話だろ』

靴《くつ》に足を突っ込んだタイミングで、どうしてだか高岡が言ったあの一言が頭を過《よぎ》った。

——生まれてから言われても、たしかに遅いな。

自嘲《じちょう》にも似た笑みが自然と口元から抜けていった。

この地球上に、太陽はなくてはならないものだというのに、どうして俺は、その太陽と相性が悪いのだろうか。

この病があるから、人生でいろいろなものを諦《あきら》めてきた。

やりたいことができないから、それなら最初からやりたいなんて思わなければいいと。

そんな俺が絵を描こうとしている。

コンクールに誘われたからという理由だけで。それもこれも、全ては吉瀬という存在が関係しているのだろう。

朝の学校へと向かう時間帯は、まだ太陽が少し顔を覗かせているだけで、それなりに過ごしやすい空気が漂っている。眠気と格闘しながらも世界を見渡した。

あの人もあの人も、各々《おのおの》で向かうべき道へと進んでいく。スーツを身にまとったサラリーマンも、制服に袖を通す学生も、子供を後ろに乗せて自転車を漕《こ》ぐ母親も、皆、それぞれの戦闘服《せんとうふく》を着て、今日一日を頑張ろうとしている。

そんな世界で、どこか弾き飛ばされているような感覚をずっと覚えていた。

頑張ることから遠ざかっていくような人生。俺は戦闘服ではなく防護服だけを身に着け、何かと戦うわけでもなくつまらない一日をぼんやりと過ごしてきただけだ。

何かを頑張りたいと思えたことは初めてだったのかもしれないと、道行く人を見て静かに思っていた。

校舎へと近づくにつれて、空気が賑《にぎ》わい始める。

まるで葬式に参列するような顔をしている人もいれば、朝からよくそんなでかい声を出せるなと思えるような人もいた。思わずその声の主へと辿っていけばあの高岡で、何だかむっとする。やたらとあいつの存在が朝からちらつき、迷惑極まりない。

昇降口で上履《うわば》きに履き替えていると、吉瀬から声をかけられた。

「おはよう」

「あ、……おはよう」

ぎこちなさ全開の挨拶《あいさつ》が声として出ていく。昨日、二人で過ごした時間が夢のようで、なかなか寝つけなかったなんてことを彼女は知らない。

「昨日は――」

「先に行くね」

会話を切り出しかけたが、彼女はあっさりとその場を後《あと》にし、階段を上がっていく。

何故だか、距離があるような気がした。

白いシャツの上で漆黒《しっこく》色のつややかな髪が、さらりと軽やかな動きをつけている。その後ろ姿を名残惜《なごりお》しく見つめた。

昨日はたしかに彼女と過ごしたはずだけれど、あれは俺が都合よく作り出した幻想《げんそう》だったのだろうか。

それとも、彼女とは親しくなったように思っていたが、ただの勘違いなのか。

「お、呉野だ！　朝から会うなんて奇遇だな」

高岡に絡《から》まている間も、吉瀬との距離を考えていた。


日直は仕事が多い。

その日、自分が日直であることを、教室に入ってから気づいた。授業が終わるたびに黒板を消し、移動教室の度に教室の扉を施錠《せじょう》しなければならない。

一時間目の数学を終え、二時間目の移動教室へと生徒たちが向かう。誰もいなくなったことを確認してから教室を出ると、

「ちょっと待ってー！」

慌ただしく走る吉瀬が見え、施錠しかけていた手が止まった。

「ごめんね、教科書忘れちゃって」

「いいけど……走ると先生に怒られるよ」

「大丈夫、早歩きしたから」

間に合ったぁ、と若干《じゃっかん》息を切らした彼女の横顔を見て、安堵を覚える。

普通に会話できている。今朝があまりにも素《そ》っ気《け》なかったから、夢でも見ていたんじゃないかと思ったが、彼女の反応を見ている限り変わりはない。

無事に教科書を手にした彼女と並んで移動教室に向かう。

「呉野くんが日直で良かったよ。鍵閉めないでー！　って恥ずかしくて大声で言えないもん」

「どうだろう、大声だったと思うけど」

「まさか！　わたしの本気を知ったら、呉野くんの鼓膜《こまく》を破いちゃうよ」

「それはもう事件に発展するね」

冷静を装《よそお》いながら、内心はドキドキしていた。校内を女子と歩くなんて、緊張しないはずがない。

それがバレないように平常心を保とうと、廊下の窓の向こうへと視線を流した。

中庭にある数本の木。その下にある蝉の墓が、盛り上がっているのが見えた。

ふいに夕焼けに照れされた頬を思い出す。きらきらと輝いて見えたあの笑みが頭から離れない。

「――昨日のコンクールの話なんだけど」

「コンクール？」

こてん、と首を傾《かし》げた彼女が不思議そうな顔を見せる。まるで初めて聞いたかのような反応に「あ、えっと」と言葉が詰まった。

「秋に美術コンクールがあるって話で……」

「ああ、そういえば、たえちゃんが授業で話してたよね。たしか美術部員じゃなくても参加できるって」

「あ、……うん、授業でも話はしてたんだけど」

授業でもコンクールの話に触れていたのは覚えている。けれど、何故か彼女に言葉の球が届いていないような感覚を覚えてしまう。

「コンクールって何だか憧《あこが》れちゃうよね。そういうの、絵じゃなくても一度は参加してみたいなぁ」

「……そう、なんだ」

話が嚙《か》み合わないような気がして、けれどもその違和感を突き止めることができず、ただただ困惑《こんわく》が広がっていく。

おかしいと思うのは、俺のコミュニケーション能力があまりにも低いからだろうか。そういう問題なのだろうか。

それとも、吉瀬にとって昨日の夕方のことは思い出したくないという遠回しの牽制《けんせい》でもあるのかもしれない。

そうだとしたら、なかったことにすればいいのだろうか。

正解が、分からない。

「そのコンクールがどうかしたの？」

「え……あ、いや、今のはその……忘れてくれていいから」

会話を無理やり引き下げると「そう？」と彼女は不思議そうな顔を見せていた。

「なあ、また忘れたんだよ。なんで忘れると思う？　教えてくれよ」

「知らないよ」

昼前の四時間目。二日続けて体育の時間だって待ち構えていた。

そんな中、教室で待機している俺の前の席に、あのうるさい高岡が座る。どうやら今日もジャージを忘れたらしい。

吉瀬とのやり取りにモヤモヤしているというのに、この男の相手をしなければいけないのは面倒だ。

あれから、脳内をこねくり回しながら考えていたが、答えは導き出せなかった。

「見学って何？　暇を極めたような時間だよな？」

「まあ……暇だとは思うけど」

「呉野って外の授業の時は見学だもんな。運動できないタイプかと思ってたら、体育館でバスケふつーにやっててショッキングだった」

「なんでだよ」

「俺より上手いから。おかしくね？　運動出来ないと思ってた奴が実はバリバリ運動できるって、そういうギャップに女子は弱いもんなんだよ。人生勝ち組じゃねえか。おいしいとこ持っていくなよって僻《ひが》んでたんだよ」

「僻んでるって自覚はあるんだ」

体育科目はできない授業もあれば、参加できるものもある。それはジャージを忘れたとか、そんな理由と大いにかけ離れたものだ。

「見学の時、いつも何してんの？」

「別に……ぼーっとしてる」

「うわ、暇！　まさに暇の極み！　俺、暇は嫌いなんだよなぁ」

いちいちオーバーなリアクションを見せる男はくるくると俺の机の上にあったペンを回し始める。

吉瀬との距離は遠く感じるが、高岡との距離はやけに近く感じる。

放っておいてほしいのに、この男にはどうやらそれが通用しない。

「あ、全然関係ねえけど」

ふとしたタイミングで話題が変わる。

「しきそなんとか症ってさ、太陽に弱いってことぐらいなん？　なんかその、症状っつーか、リスクっつーか」

「まだ興味あんの？」

「まだってなんだよ。いつだって興味しかねぇよ。呉野みたいな奴、俺初めて見たから、もともと話したいって思ってたし。だって太陽から逃げなきゃいけないってまあまあ無理くね？」

話したいのか、知りたいのか。俺に興味というよりは、病気が気になるといったニュアンスが正しいのだろう。

「まあ……症状って言えば、神経障害とか」

「シンケイショウガイ？」

「……簡単に言えば聴力《ちょうりょく》とか知能《ちのう》とか、そういうところに障害が出たりする」

「それって耳が聞こえなくなるとか、知能は……なんだろ、判断が鈍《にぶ》るとかそういうこと？」

「鈍る……そんな解釈《かいしゃく》でいいと思うけど。神経障害は比較的若い時に発症した人がなりやすくて、歩行も難しくなるらしい」

「え、でも呉野は普通に歩けてんじゃん。バスケだって上手いし」

「それは、俺の場合、進行が遅いから」

「へえ……じゃあ進行が進んだら今できてることが難しくなるってことなのか。他にあんの？」

「他……大人に近づくと摂食《せっしょく》障害《しょうがい》を起こすこともあるらしい。あとは――」

そこから、ぷつんと消える。——そこまで言う必要は、きっとない。

高岡はぽかんとした顔を見せながら「まじか」と呟《つぶや》く。

「なかなかハードな危険を背負ってんのか。全然、皮膚だけの話じゃないだろ」

変に区切られた俺の話に不信感を抱くことなくペラペラと喋《しゃべ》る。

「ないね」

「はあ、びっくりだ、おったまげだ」

珍しく心底驚いたような顔を見せる高岡に、この男もこんな顔ができたのかと、逆に驚きを覚えてしまう。

蝉がわんわん鳴く中で、ホイッスルの音が混じって聞こえた。授業が終わるまでは、まだ半分も残っていることを、教室の壁の時計で確認する。

「いや、なんか想像以上だったわ。でも、なんで呉野って一人貫いてんの？」

「……別に貫いてるわけでもないけど」

「近寄りがたいオーラ出してるっつーか、人寄せ付けないのわざとだろ？」

どうやら心境を見透かされていたようで「意外だろ」と高岡が笑う。

「意外っていうか……そういう空気は読めないと思ってたから」

「はは、よく言われる。言われるから逆に徹底してるってのもあるけど。遠慮ばっかしてたら人生つまんねぇし、どうせ生きてるなら楽しく生きてぇじゃん。オーラとか空気はガン無視。俺の理念に反するからな」

　空気が読めない男で、デリカシーの欠片《かけら》もないと思っていたが、それはこの男による演出だったのだと知り、意外にも頭の回転がいいことが発覚する。

　よくよく考えれば、盛り上げ役というのは一番その場の空気を読んで行動しているのかもしれない。

「高岡ぐらいだよ、こうして話しかけてくんの」

「まあ、そうだろうな。俺みたいなデリカシーない奴じゃないと、呉野に話しかけられないだろうし」

　うるさくて、やいやい騒いでいる奴だと思っていたが、きっとこの遠慮のなさは、高岡なりに俺との距離を詰めるために必要だったのだろう。

だから、許可なくズカズカと踏み込んでくる。容赦《ようしゃ》なく、内側を土足で歩いてくるように。

　見学は、静かな時間のはずだった。それが何故だか、高岡というお祭り騒ぎの人間に捕まり、ものの見事に静寂《せいじゃく》を奪われていく。

　けれど、それもそれでありかもしれないと思うぐらいには変わっていた。

「あ、女子も今日はグラウンドなのか」

　高岡の視線につられるようにして見ると、女子の中に吉瀬を見つけた。

「やっぱ吉瀬って可愛いよな」

「え……」

まさか吉瀬の名前が出てくるとは思わず複雑な心境になる。ざわざわと、体内のどこかで嫌な音が響き始めた。吉瀬が可愛いと噂されることなんて今まで何度もあったのに。何度も聞いてきたのに。

どうして今、高岡から聞いた時は不快感が襲《おそ》ったのだろう。

「……次はジャージ忘れんなよ」

吉瀬の話題がこれ以上出ないように、話を逸らすことで精一杯だった。


「あ、ほんとう？　引き受けてくれるの？」

放課後、職員室を訪れ、たえちゃんを探した。机に向かっていたその背中に声をかけると柔らかい笑みが俺を出迎える。

「はい、……上手く描けるかは自信ないですけど」

「いいのよ、そういうのを競うコンクールじゃないから。その人の本質を見るところだから、上手い下手は関係ないのよ」

技術は問わないという点で、ほっと胸を撫で下ろす。

「課題って決まっているんですか？」

「そうね、コンクールのテーマが一つ」

「テーマ？」

「〝見えたもの、見えないもの〟」

たえちゃんが口にした言葉を、復唱《ふくしょう》するようになぞったが、ピンとくるものはなかった。あまりにも難しいテーマのように感じてしまう。

「モチーフは風景でも人物でも静物《せいぶつ》でも、自由とされているから、呉野くんが描きたいと思うものを描いたらいいわ」

難題を突きつけられ、引き受けたことを即座に後悔しかけた。まともに絵を描いたのはこの前のりんごぐらいで、見えているものならまだしも、見えないものを描いていくというのは、やろうと思ってできるものではない。

基礎的なことは教えるからね、とたえちゃんは言ってくれていたものの、俺に足りないのは圧倒的なまでの経験と、時間だ。

秋のコンクールまでは三か月を切っている。実際は春から準備し始める生徒もいるらしいと聞いた。

そんな中で、一つ季節を過ぎた夏から、完全なド素人《しろうと》が描き始めるというのはさすがに無理のある話だ。

来年挑戦するならまだしも、俺はこの秋に挑《いど》もうとしている。

今なら断るのは間に合うのではないかという選択肢を浮かべながらも、頑張ってみます、と告げた俺に、たえちゃんはうれしそうに笑っていた。

コンクールに向けて準備はしていくものの、美術部でもない人間が部室は使うのは気が引けると相談すると「そういうことなら」と、別の空き教室をわざわざ用意してくれることになった。

「ここはね、文化祭とか大きな大会がある時とか、場所が足りない時に使う予備の教室なんだけど、今は呉野くんの貸し切りよ」

たえちゃんに案内された空き教室は、生徒の姿もなくがらんとしていた。

「いいんですか……？　部員でもないのに、しかも俺だけって」

「いいのいいの、どうせ使ってないんだから。あ、でも美術部員に混じって切磋琢磨《せっさたくま》しながら、なおかつ刺激を受けたいというのなら話は別だけども」

「いいえ、素人が混じれません」

「ふふ、なら、満足いく絵が描けない環境に置かせるわけにはいかないから。好きに使って」

「……ありがとうございます」

寛大《かんだい》すぎる厚意《こうい》を、躊躇いながらもありがたく受け取ってみる。

たえちゃんが教室を出ていってから、ぽつんと一人残され、どうもソワソワしてしまう。だだっ広い空間をたった一人で使うというのは贅沢《ぜいたく》で、空間を持て余しているような気がした。

「こんなに綺麗だったっけ……」

ふと出ていった言葉はがらんとした教室の中で静かに消えていく。

放課後はすぐ家路につくことが習慣となっていたが、こうして橙色に染まる教室を改めて眺めるのは初めてだった。

太陽が沈んでいくのを見ていると、自分が生きていることを許されるような気持ちになる。だから空が赤く燃え始めると安心した。夜が訪れるから。太陽を気にせず、堂々とこの世界を歩いていけるから。

イーゼルを準備してみたものの、描きたいモチーフが思い浮かばず、空き教室を出て校内を散策することにした。

「あれ……吉瀬？」

部活動に励むものもいれば、さっさと学校を飛び出してしまうものもいる中で、教室に残っていた彼女に驚きが隠せなかった。彼女もまた同じように驚いている。

「呉野くんもまだ残ってたんだ。あ、わたしはさっきまで先生と話してて」

窓際の列の前から二番目。それが吉瀬の席だった。その席に座り、俺が来るまで彼女は窓の向こうへと視線を預けていた。

いつも通りの彼女に戸惑いながら、言葉を発することを躊躇した。

話すのは移動教室以来で、あれから吉瀬のことをずっと考えていたが、自分の話し方がまずかったのではないかとか、自分だけ浮かれていたんじゃないかとか、そんな後悔ばかりが押し寄せる。

「あ……えっと」

何から話していいのか分からず視線が泳いでいくと、

「もしかして、昨日の夕方、一緒に過ごしてた……かな？」

想定外《そうていがい》のことを聞かれ耳を疑った。

「……今日、移動教室の時、呉野くん〝忘れてくれていい〟って言ってたよね。それを聞いた時、わたし何か忘れちゃってるんじゃないかって思って」

どう受け止めたらいいか分からなかった。状況がのみ込めなかったが、彼女があまりにも真剣に、それでいて切なそうに訴えかけている表情には偽りがないように見える。

混沌《こんとん》とした感情だけが、忙《せわ》しなく動き続けていた。

「どういう意味……？」

「――わたしね、夕方の記憶だけなくなるの」

第三章　約束は橙色の中で静かに眠る

記憶がなくなるというのは、自分でもどう表現したらいいのか分からない。

きっと、夜眠って朝起きるまでの記憶がないように、わたしの記憶を司《つかさど》る機能が眠ってしまっているのかもしれない。起きているけど覚えていられないのだろう。

呉野くんと移動教室で話した時、後悔した。

どうして朝、日記を読んでこなかったんだろう、と。

「……きっと、呉野くんと大事なことを話したんだよね。コンクールのこと、話してくれたはずなのに、ごめんね、……覚えてなくて」

いつもなら家を出る前に読む日記を、時間がないからと読まずに家を出てしまった。

どうせ同じことしか書かれていないのだからと、どこか投げやりな気持ちで片付けてしまったことは間違いだったのだと、呉野くんと話して気づいた。

呉野くんは目を丸くし、驚きと困惑を複雑に織り交ぜたような顔をしている。

「……わたしね、なんでだか分からないんだけど、夕方の記憶だけが翌日にはなくなるの。理由も突き止められなくて、どうしてこうなったのかも分からない。夕方のことを思い出そうとしても、その時間だけがごっそり抜けちゃうの」

――夕方の記憶をなくしてしまう。

発覚したのは小学校低学年。夕方の時間を、いつもどう過ごしているのか覚えていないと話すわたしのことを、両親はあまり真剣に捉えていなかった。寝ていたんじゃないかと言われてしまうと、自分も覚えていないから、そうだったのかもしれないと思うようにした。

けれども、夕方家族で出かけたことや、昨日の夕方誰と遊んだのか分からないとわたしが言うと、ようやく記憶がなくなるということに向き合ってくれた。

『娘さんは記憶障害を患《わずら》っている可能性が高いです』

当時、難しい言葉をお医者さんから言われて、両親に『記憶障害って何？』と訊ねたけれど、わたしの声は届かなかった。

二人して顔を真っ青にし、治療法はありますかとしつこく聞いていた光景だけが今もしっかりと焼きついている。

「他の子はちゃんと夕方の記憶があるのに、わたしの頭からは夕方だけが消える。だから、昨日の夕方も覚えてなくて……どうしてわたしだけなんだろうって……」

どうして自分だけ病気を患わなければならなかったのか、どうして自分だったのか。いくら考えても答えが出なければ、誰かが教えてくれることもなかった。

「変だよね、わたしの頭」

暗くならないように、明るく笑おうとすれば、呉野くんは形容のできない表情を浮かべながら首を振った。その光景にじわじわと口角が下がっていく。

「そんなことない」

はっきりと、わたしの不安をかき消すような否定。それから、

「俺も似たようなものだから」

悲しそうに、微笑んだ。

「どうして自分だけ病気持ってんだろって、俺もよく思うから。こんなに人がたくさんいるのに、自分だけ普通じゃない気がして……だから、吉瀬のこと、俺は変だなんて思わない」

「……怒ってないの？　昨日、一緒に過ごしたのに、覚えてないなんて」

「いや……逆に全部線で繋《つな》がったような気がして安心したっていうか。もちろん驚いてるけど、吉瀬の中で、その記憶がないんだって分かれば、俺もいろいろ受け止められるから」

「……ごめんね、忘れるなんて」

「謝らなくていいよ……吉瀬も辛いだろうし」

そんな言葉を、そんな優しい寄り添い方を、もらったことなど一度だってなかった。

わたしに降り注ぐほとんどの言葉は、責めるものが大半だったというのに。

『どうして覚えていないの？』

『弥宵ちゃんの頭っておかしい』

小学生の時に投げられた言葉が今でも心の深い傷となって残っている。

だから、誰にも言わないようにした。夕方の時間がなくなることを秘密にすれば、からかわれることもなくなった。

夕方は習い事があるとか、家の用事があるとか、誤魔化しながら上手くやり過ごし、それが習慣となり自分の身体に染み込んでいた。そのはずだったのに。

「吉瀬は何も悪くないんだから」

受け止めてもらえると、どこかで思っていたのかもしれない。

あの絵を見た時から——呉野くんが作り出したあの世界を見た時から、わたしは呉野くんにだけは打ち明けたかったのかもしれない。

「……ありがとう」

悪くない。わたしは何も、悪くない。

呉野くんがくれた言葉を何度も心の中で繰り返していた。

「俺は何もしてないよ」

「でも、ありがとうなの」

「……吉瀬がそう思うのなら」

わたしの感謝を、呉野くんは迷いながら受け取った。そのぎこちなさに笑みがこぼれると「笑わないでよ」とむすっとした顔で言われて、また笑ってしまった。

「……忘れるって、どんな感じ？」

ひとしきり会話が落ち着いたところで、呉野くんは遠慮がちに聞いた。

「何だろう……わたし的にはね、そんな不思議でもないんだ。ほら、人間って昨日のことを全部細かく覚えてるわけじゃないでしょ？　わたしの場合、二時間ぐらいの記憶がなくなってるだけで、あとはある程度覚えてるからそこまで支障がないんだ。覚えているはずの時間帯でも忘れてることあるし。あ、昨日の晩ご飯何食べたっけ、とか、そんな感覚かな」

「……そっか」

ただ静かに、呉野くんは聞いてくれていた。からかうこともせず、おかしいと言うのでもなく、まるで受け止めるように。

「だから、もし昨日の夕方、呉野くんと話してたことがあるなら、その……」

「あ、いや……たいした話じゃないから。気にしなくていいよ」

「……そう」

気を遣ってそう言ってくれるのは分かっていた。

何も覚えていないから、それ以上踏み込んでいいのか勇気が持てず、すんなりと引き下がってしまった。

それをひどく後悔することになるなんて、わたしは思いもしなかったんだ。

家に帰ると、すぐ日記を確認した。昨日の出来事は、いつもとは違う様子でうれしそうに綴《つづ》られていた。


【呉野くんと蝉のお墓を作った！　意外にも呉野くんは蝉が苦手らしい。

からかうと、普段ぜったい見れないような顔をして少しだけ機嫌を損ねていた。

そんな顔を見れたのはラッキーだったな。

呉野くんがコンクールに絵を出品することを迷っていると相談してくれた。

そんなの、ぜったいに出て！としか言えないのに。

結局、コンクールに出ることも、その絵を見せてくれることも約束してくれた。

楽しみだな。早く秋にならないかな】

話していたんだ、昨日。

だから移動教室の時、コンクールの話をしようとしてくれていたのかもしれない。

そう思うと、心が痛くなった。

「絵を見せてくれるって約束してたんだ……」

そんな大切なことを、もう忘れてしまった。つい昨日のことなのに、わたしの頭からはまるで最初からなかったように抜け落ちてしまっている。

「忘れたくなんてなかったなぁ……」

文字をなぞりながら、なくなってしまった記憶を思い出そうとする。

呉野くんと過ごした時間。なくなってしまった時間。それは、もうわたしの中では欠片さえ残ってはいない。

今日のことを忘れないように、日記にペンを走らせた。


【呉野くんに記憶のこと、打ち明けようかすごく悩んだ。

けれど、あの絵を描いた呉野くんなら……普通の人とは違うのかもしれないと思ってしまったから。

呉野くんはわたしの話を受け止めてくれた。もちろん最初は驚いていたけど、それでも受け止めようとしてくれていた。

言えてほっとした自分がいることに気づいた時、ああ誰かに打ち明けたかったんだなって。それが呉野くんで良かったなって。

忘れたくないなぁ……どうして忘れてしまうんだろう。

呉野くんとの記憶だけ、覚えていられたらいいのに】

「え、弥宵ってバイト経験ないの？」

慧子《けいこ》が目を丸く見開き、スマホから勢いよく顔を上げた。

「あ……うん、バイトはうちの親が禁止してて」

咄嗟《とっさ》に誤魔化そうとし、お決まりの台詞が口をついて出ていった。

自分の脳なのに、その働きがどんな動きをしているのか分からないし、なくなっている記憶をどう呼び起こしたらいいのかも分からない。

普段の生活でも人に迷惑をかけていることが多いのだから、どこかで働くというのは、それこそ迷惑だけでは済まないこともある。

「憧れるけどね、慧子みたいにバイト掛け持ちしてみたいし」

「えーしなくていいならしないよ。お金があればバイトもしないし」

そういうものだろうか。わたしには働くということが魅力的に思えてしまう。

小学生の時、病院の先生に『日記を書く習慣をつけていこう』と提案された。

『夕方、どう過ごしていたか書いておけば翌日になっても事実関係を把握《はあく》できるし、その日の夜に思い返すことで記憶が保てるようになるかもしれないからね』

そう言われて続けた日記には、テンプレートと化した文章だけが綴られている。

毎日、毎日、同じような夕方が繰り返される。学校から家に帰るまでの、つまらない日常が。

極力、寄り道をしないようにと両親から言いつけられ、高校生になった今でも律儀《りちぎ》に守っている。

日記には【学校を出て、夕日を見て、家に帰ってドラマを見る】という一文。時々、家に帰ってからお母さんと買い物に行った、なんて出来事も入っていたりするけれど、中身はいつも決まっている。書くことが面倒で、短くおさめているのではなく、純粋にこれだけしかないのだろう。

この時間に何か問題が起こっても困るから、わたしはそのつまらない生活を送ることだけを守っていた。

そんな日記を続けていると、どうせ同じような生活を送っているのだからと、書くことの意味を見出《みいだ》せなくなってしまっているのも事実。

それでも書くことをやめないのは、こうしていれば、いつか夕方の時間も覚えていられるようになるかもしれないという淡い希望があるから。

もし夕方の時間が特別なものへと変わった時、わたしはどうしたらいいのだろう。覚えていたいと思うことを忘れてしまったら、その覚えておきたい記憶はどこにいってしまうのだろう。

わたしの中で、なかったことになってしまうのだろうか。

――例えどれだけ大切にしまっておきたい記憶だったとしても。

「……暑そうだな」

ふいに慧子から落ちた声にハッとする。慧子の視線が、廊下側の席へと向けられているので辿っていくと、長袖のニットを着た呉野くんが、ぐったりと机に伏せて眠っていた。

半袖でも暑いこの真夏の時期に、呉野くんは季節関係なく長袖を着用している。それは彼にだけ許されている特権で、それでいて義務のようなものでもあった。

「やっぱ、太陽に当たるとまずいのかな」

慧子の呟きに「どうなんだろうね」と小さく返す。

黒い髪が一瞬揺れる。

壁を見ている頭の下に腕を置き、本格的に寝る体勢を取っているらしい。その後ろ姿は、他の男子生徒よりも線が細いように見える。実際、あまり食べているところを目撃したことはないし、活発に動いている様子もあまり見ない。

休み時間は机に頭をつけてしまって、周囲を遮断《しゃだん》するように距離を作る。それは入学当初からあまり変わっていないスタイルだ。三年連続同じクラスなのに、最低限の会話くらいしか交わしたことがなかった。

だから彼の病気は噂ぐらいにしか把握してない。

太陽に当たると皮膚に悪いとか、ここの生徒が知っているような浅い知識しかないものだから、彼との距離の詰め方は難しい。

どうしても彼には病気がつきまとう。

彼の話題が上がるたびに、自分と重ねてしまうことが何度かあった。

〝わたしも普通には見えていないんだろうな〟と。

だから、記憶障害のことは隠してきた。誰にも――友達の慧子にさえも、打ち明けられないままだ。

「そういえば、美術の時間で呉野くんと話したりしてない？」

思い出したかのように言う彼女に、ああ、と小さくうなずく。

「もしかしてうるさい？　場所隣だもんね」

「いや、全然。描いてると意外と集中しちゃうんだよね。だからたまに集中切れた時とかに、ぼそっと聞こえたりするから」

耳下で切り揃《そろ》えられた髪。ベリーショートが似合う彼女の耳には校則違反のピアスが、控え目に光っている。

「でも呉野くんと話すことある？」

「あるよ。呉野くんが描いてたりんごのこととか」

「……へぇ」

「な、何……？」

慧子が含んだような笑みを見せるものだから身構えてしまう。

「いや？　ただ、あんまり他人に興味持たないのに、呉野くんは別なんだなと思って」

「興味って……そんなことないよ」

「えーだってこの前、隣のクラスの男子に告白されてたけど振ったんでしょ？」

「それとこれとは話が別だから……！」

「本当かなぁ？」

にたにたと、真意を探るような慧子の目から逃げるように逸らす。

惹かれるというのは……そういうことじゃなくて。呉野くんの人柄に惹かれるというだけで。

「……わたしには恋愛なんて、似合わないよ」

そもそも誰かを好きになるということは避けなければならない。

普通の恋愛なんてできるはずがないのだから。

それは、崩してはならない自分に課したルールだった。

放課後、担任の松浦《まつうら》先生と病気のことについて少し話をしていた。わたしの病気のことを心配し、定期的に話を聞いてくれる松浦先生は、生徒からの評判も高い。

関係のない雑談で盛り上がり、教室を出た頃にはすっかり日が沈もうとしている。

「あれ、呉野くん？」

昇降口を出ると、中庭に立っていた彼を見つけ思わず声をかけてしまった。

振り返った呉野くんは「ああ、吉瀬」と優しい笑みを浮かべてくれる。

朝読んだ日記には、夕方の時間を忘れてしまうことを呉野くんに伝えたことが書かれていた。だから、彼の反応が少しだけ不安だったけれど、拒絶することもなければ、面倒くさそうな顔を見せることもなかった。

「どうして中庭に？」

「うん……ちょっと気になって」

呉野くんの視線の先は、木の根元へと向けられている。

よくよく見ると、一か所だけ平坦ではなく、盛り上がっていることに気づいた。

「ここに何かあるの？」

そう訊ねると、彼は少し驚いたような顔をして、それから切なく笑う。

「……そっか。ごめん……昨日聞いたはずなのに」

無理をしたように貼りつけられた仮面の笑顔に、胸がぎゅっと痛くなった。

「吉瀬は夕方の記憶がなくなるんだよね？　あ、でも昨日話したことも覚えてないのか。じゃあ俺は知らない方が……」

あたふたと泳いでいく視線に勢いよく否定した。

「ううん……！　知ってくれてるなら、その方が、……うれしい、かな」

呉野くんは「うん」とあまりにも穏やかな笑みを浮かべ、それからそっと視線を木の下へと注いだ。

「ここに、吉瀬と一緒に蝉の墓を作ったんだ」

「蝉のお墓……あ、だからここだけ違和感があるんだ」

日記に書かれていた内容とリンクして、今までなんとも思っていなかった場所に親しみを持つ。

「ここだったんだ……ごめんね、気づけなくて」

「いいよ。忘れてることを話してもらってたから。吉瀬が謝ることじゃない」

どうして、そんなにも優しい言葉をくれるのだろう。

どうして、忘れてしまうわたしを彼は責めないのだろう。

「俺が覚えてるから。それに、蝉の墓があれば、俺も夢じゃなかったんだなって思えるから」

そう言ってお墓を見つめるその瞳に思わず目を奪われてしまう。

記憶のことを知ってくれているから特別だと思うのだろうか。それとも他に別の理由があるのだとしたら――。

「吉瀬？」

わたしを見つめている呉野くんは不安そうに続けた。

「ごめん、俺なんか変なこと言ったかな？」

「ち、違うよ！　そうじゃないの。ただ、わたしの問題というか……」

「そう……？　それならその、良かった。俺、また変なこと言って吉瀬を困らせたくないから」

「困るだなんて……」

また、なんて呉野くんは言ったけれど、呉野くんの言葉で困ったことなど一度もない。それを上手く伝えられないことがもどかしい。

「暗くなってきたな」

そう言いながら、さり気なくシャツとニットの袖口をまくる。

「呉野くん、腕……」

鎧《よろい》のように身に着けている服の下から素肌が見えている。そのことを指摘すれば、呉野くんは「ああ」と気づいた。

「平気だよ。この時間になると光量がかなり減るから」

「……それって、外で肌が出ても大丈夫ってこと？」

少しだけ踏み込んだ質問をしたわたしに、彼は嫌な顔一つ見せずうなずいた。

「そうだね、今の時間帯なら大丈夫」

「そうなんだ……」

彼の腕が露出していることが物珍しくて、じっと見つめてしまうと呉野くんは「さすがに恥ずかしい」と照れるような顔を見せた。

「あ、ごめんね。呉野くんの腕だ！って思っちゃった」

「そんな希少《きしょう》価値があるものじゃないよ」

「あるよ！　呉野くんの腕が見れただけで今日のわたしはラッキーだもん」

「大袈裟」

力なく笑い、その笑顔から再び彼の肌に自然と目が行く。シャツから覗く首筋《くびすじ》や手首は、全くダメージを知らないほど綺麗に見える。

「こんなこと聞いていいのか分からないんだけど、……太陽を浴びて日焼けした肌は戻るの？」

「あー……いや、戻らない。黒くなっていくんだ」

静かに息をこぼすように、ぽつぽつと。

「シミとかそばかすとか、いろいろ増えて、赤黒くなって戻らない。俺はまだ奇跡的に症状が軽いんだ。本当は黒くなるはずなんだけど、軽いからまだ……」

そう言った彼はどこか寂しそうな顔をして、自分の手元に視線を落とした。

「……そっか」

呉野くんがその先にある何かを見つめていた気がして、それ以上彼の病に触れることはやめた。

あの時、彼は何を見ていたのだろう――何を、思い出していたのだろう。

わたしには、そこに触れるだけの勇気も、呉野くんとの距離も、何もかもが足りなかった。

＊

吉瀬と共有した時間は、俺にとって忘れられない時間だった。

今でも鮮明に映像として思い出せるのに、彼女はその時間を覚えてはいない。忘れてしまっているのだ。記憶からごっそり、抜け落ちてしまっている。

申し訳なさそうに眉を下げた彼女の顔が頭から消えない。

彼女の症状を目《ま》の当たりにした時、一緒にいた時間がなかったことになった衝撃を、最初は受け止められなかった。いや、今でも正直受け止められてはいない。

『……ごめんね、忘れるなんて』

けれども、彼女は記憶を失ってしまう。俺と一緒に蝉の墓を作ったことも、コンクールに参加するという話も、彼女は覚えてはいない。

それが毎日、繰り返されていく。あったはずのものが消えていくという障害が。

彼女は気さくで明るい性格のように見えた。

苦悩なんて知らないとばかり思っていたのに、その笑顔の裏に隠されていた秘密を考えると、あの時悲しそうに笑った彼女の顔が忘れられなかった。

『描けたらわたしにも見せてね』

あの約束も、彼女の中にはもう存在しないのだろう。

それはもう、俺だけの中の約束になってしまった。

それでも、例え忘れられていても、現実であることには変わりがない。

逃げ腰だった姿勢を、奮い立たせるように追い込む。

自分と同じものを背負った彼女だからこそ、あのりんごの絵の本質を見抜いたのかもしれない。

綺麗事じゃない。彼女が言った通り、世界は綺麗なものだけでできているわけでないことを絵で表現してみたかった。

光と闇。

俺が抱《かか》えている闇と、彼女が抱えている闇は同じだろうか。

『呉野くんの絵がただ好きなんじゃないの。光だけじゃないってところが、綺麗事だけが並べられていない呉野くんの絵が好きだと思ったの』

──描くよ、吉瀬。

光だけじゃないものを。綺麗だけじゃないものを。

頑張ることから逃げてきた人生。それが今、踏み入れたことのない世界に挑もうとしている。吉瀬との約束がある限り、今さら逃げるわけにはいかない。

不思議と、描かなければいけないという使命感に駆られていた。


「狙っていた子に彼氏ができたらしい」

翌日。ようやく迎えた昼休みに購買へと出向いたところまでは良かった。たまたま後ろに並んだのが高岡という悲運を迎えるまでは。

混雑を極めるこの場所で、人との距離はほとんど密接状態。ギュンギュンだ。隣も後ろも距離が近い。腹が減っているということもあり、空腹で前に前にと進んでしまうのだろう。前方の人が立ち並ぶ先には、陳列《ちんれつ》棚に並べられた食料が見える。

「……それはまた大変だな」

この前は吉瀬が可愛いだとか言ってなかっただろうか。

最近分かったことは、高岡は男女問わず美形を好きになる傾向があるということ。自分でも宣言していたが、異性の場合は好きになるサイクルが非常に短い。

そのほとんどは、狙っていた相手に彼氏ができたという恒例《こうれい》のパターンで終止符を打つらしいが、それでも毎度律儀に落ち込むのがこの男らしい。

「あ、あの子の顔のパーツ完璧だな。よし、好き」

そして、この男の好きはあまりにも軽い。もう次のターゲットにロックオンを決めている。恐ろしい。吉瀬についても、恐らく深く考えて発言はしていないのだろうなと察していた。

そこに安心した自分の心理を、深く追求することはやめる。

「今さっき失恋したんじゃないのか」

「した。しっかり失恋したら、もう次に進むしかないだろ」

「早すぎるんだよ」

新幹線よりも流れ星よりも早いスピードだ。

「……おい呉野。お前はあれをどう解釈する」

いきなり高岡の声のトーンが落ち、つられるようにして見れば、ついさっき狙いを定めた女子の隣に、肩を抱く男がいる。

「彼氏の前でうれしそうに笑う女子」

「……どうだろうな。あれは彼氏ではなく、幼なじみ、もしくは友達という可能性だって大いにありそうだが」

「友達はないだろ。幼なじみは否定できないが、おおかた彼氏彼女で確定だ」

「だよな」

今度はあっさりと引き下がってきた。一度見せた期待はなんだったんだ。

「はあ、また告白する前に玉砕《ぎょくさい》だよ。なんで俺ってこんな役回りなのか」

ため息交じりの絶望は、ずんと背中に重くのしかかってくる。比喩《ひゆ》ではなく直《じか》に高岡の頭が背中にくっついていた。

『あいつに触《さわ》ると病気がうつるぞ』

『やべぇ！　俺の席にあいつの唾《つば》が飛んだ！』

『呉野菌！』

途端《とたん》に思い出される苦い記憶が傷となって疼《うず》く。身動き取れないこの場所で、できるだけ前のめりになると「動くなよ」と文句が聞こえてきた。いやに鼓動が鮮明に聞こえてくるような気がした。

人からこうして触れられることは滅多《めった》にない。

「触らない方がいい」

俺が近くにいるだけで、わーと散らばっていく人の群れ。幼いながら苦しかったあの思い出が、やけに今、強く脳内に映し出されていく。

「なんで？」

「……嫌だろ、俺に触るのなんか」

ぷつんと、声が途切れた。背中から重みが消える。高岡の頭が離れていったのだろう。

俺に触ると菌がうつる、病気になる、そう刷り込まれるようにして育てられた俺の心は、今ではそう簡単に折れたりはしない。高岡がいざこうして離れていっても、それは仕方がないと受け止められる。

「お前あれか？　男に触られたくないとかぬかすんじゃねぇよな？」

「……は？」

「なあ、俺が男だからそんなこと言うのか？　あ？　じゃあ女ならいいのかよ、女だったら背中貸すのかよ」

「いや……意味が分からないんだけど」

「そりゃあな、俺だって女子に背中貸してもらえるなら喜んで借りてるわ！　借りれねぇからお前の背中で我慢してんだろうが」

「すっげぇキレるじゃん……」

「当たり前だろ！　お前が変なこと言うから」

色落ちした髪が、太陽に透《す》けて赤く燃えている。まるでこいつの怒りが髪に表れているように見えて圧がすごい。

「変なことって……」

「嫌とか嫌じゃないとか、俺のことを決めていいのは俺だけなんだよ。お前じゃない。いいか？　触りたいと思ったら触るし、んなもんべったべたに触ってやるよ。お前が嫌って言うぐらいとことんそれはもう」

途端に後ろから羽交《はが》いじめにされ、「ギブギブ」と高岡の腕をたたく。

「ちょっ……本気で……」

「うるせぇ！　お前には分からせてやらないといけないからな！」

「分かった、分かったから！　そろそろ黙れ……！」

「は？　……え」

ようやく事の事態を把握したのか、周囲から向けられる疑いの目に動揺がみるみる高岡の顔に出てくる。泳ぐ視線、定まらない口の形、気まずそうに揺れた頬。高岡が珍しく困惑の色を滲ませていた。

「ち、違うからな……！　俺は別にこいつが好きとかそういう——おい、そこ！　写真撮ってんじゃねぇよ！　こら消せえええ！」

騒がしい購買で、一際うるさい声が響き渡る。

呼吸を整えていると、「高岡がキレたぞ」「逃げろ」とケラケラ笑いながら逃げていく男子生徒。友達の醜態《しゅうたい》をどうやらスマホにおさめたらしい。そこに俺もセットに映っているのだとしたら、今すぐにでも消してもらいたい。

「まじか……」

気味悪がる人間ばかりを見てきたこの世界で、俺に触れて害はないと思う人間もいると、知った。購買でじろじろと注目を浴びながら。

ものすごく勝手で、勢いしかない持論だったが、ああやって自分のことを肯定《こうてい》できる人生は、俺の人生よりかは遥《はる》かに楽しそうに見えた。

高岡は生きやすいのだろう。きっと。それは俺にとってとてつもなく羨《うらや》ましいことで、同時に手に入れられないものだ。


何を描いたらいいか、分からなかった。

貸し切り状態の教室で、放課後毎日残るくせに、まっさらなキャンバスを睨む日々だけが続いている。

「見えたもの、見えないもの……」

コンクールのテーマを唱えているものの、それは宙ぶらりんのまま頭の中で浮いているだけ。

絵の知識はない。興味もなかったし、上手いと言われても、いまいち何がいいのか分からない。

それでも吉瀬は、俺の絵を好きだと言ってくれた。

りんごの絵は覚えてくれていたのに、蝉の墓は忘れられている。

奇妙な話だ。なかなか彼女とはどう話をしていけばいいのか分からない。もしかしたら今話していることも翌日には忘れられているんじゃないかと考えてしまう。

コンクールの話をした時みたいに。

あんなにも綺麗に忘れてしまうものなんだな、とあれから何度も思い出す。

それでも、彼女と話したいと思ってしまうのはどうしてだろう。惹かれてしまうのはどうしてだろう。

翌日には縮まった距離がリセットされてしまうのに。

窓の外が淡い水色とピンクのグラデーションを作り出していた。

この時間のことも、吉瀬は忘れてしまうのだろう。自分が何をしていたかなんて忘れてしまって、思い出したくても思い出せない。

どうでもいいものばかりではなくて、大切にしまっておきたい記憶がある時、彼女はどうするのだろうか。どうやって、その瞬間と戦うのだろうか。

「……綺麗だ」

この空も、彼女は忘れてしまう。

夕方の色を忘れてしまう彼女は今、何を思って過ごしているんだろうか。


「うん、前回とはあまり変わったところはなさそうだね」

白衣を身にまとった鈴川《すずかわ》先生が手元の検査結果に視線を落とす。

「体調や食欲はどう？」

「変わらないです、前と同じで」

「そっか、うん、今のところ問題はなさそうだね」

爽《さわ》やかな印象と、にこりと微笑むその顔には、おばあちゃん患者から絶大な人気を得ているらしい。

ここに通い始めてからずっと、主治医は鈴川先生から変わらない。先生と呼ばれることを嫌う、少し変わった医者。

「肌も変わらず綺麗だし、急激な体重の減りもない。しばらく来なくても、と言いたいけど、ごめんね。定期的にまた来てもらわないと」

「いえ、大丈夫です……また来ます」

劇的な変化はない。奇跡が重なって、俺の肌は周りの人とそこまで変わらない。人より色白だろうけど、でも、まだ平気だ。

俺はまだ、まだ――。

「あ、ゆき兄ちゃん」

診察室を出た廊下で、車椅子に乗った少年が少し先で俺を呼んだ。

「今日、診察日？」

「そう、今終わった」

にこにこと、いつだって笑っている彼を見ると、何故だか目を逸らしてしまいたくなる。ヒリヒリと、胸の奥が痛い。この目は、この笑顔は、吉瀬によく似ている。眩しいぐらい真っ直ぐな瞳が、どうしても重なった。

年齢の割に小柄な印象を受けるのは、俺と同じ病気を患っているからだろう。

病気の進行が早い拓哉は、もう自力では歩けない身体になってしまった。

「何してた？」

「数字探し、この前ゆき兄ちゃんに教えてもらったやつ」

一から一〇〇まで、廊下や看板などで数字を見つけるまでは病室に帰れないゲーム。前回、適当に考案したゲームで律儀に遊んでくれているらしい。

十歳になる拓哉《たくや》は、生まれた時からずっと病院で過ごしている。それを彼は、あっけらかんと話し、

「院内学級でね、昔のアニメが流行《はや》っているんだ。なんかいろんな人を助けられる魔法みたいなやつ。えっと、主人公がキオっていう名前でね、なんだっけ……えっと」

「……もしかして、それ病気を治すやつ？」

「そう！　ゆき兄ちゃん知ってるの？」

「まあ……」

小学生の頃にハマっていたアニメを思い出す。

「見てみたいんだけど、理子《りこ》はだめだって言うんだ。あれは面白くないからって。動画見たくても、理子が操作してくれないと分からないから何も見れなくて」

理子は今年中学生になった拓哉の姉であり、何度か面識はあった。肩で切り揃えられた髪と、ツンとした態度。周りが全員敵に見えているような冷たさを感じるが、拓哉の前では違う。

「今日も理子が来てくれるんだ。だからゲームしながら待ってようと思って」

「早く来るといいな」

「うん」

元気に、明るく。それが彼のモットーなんだと、この前教えてくれた台詞が蘇る。家族を悲しませたくないと言っていた顔はあまりにも力強く見えた。

「拓哉」

後方で聞こえたその声に肩越しで振り返れば、ちょうど話題に上がっていた理子がセーラー服姿で立っている。俺がいることで、彼女はピリピリしているように見えた。

「あ、理子。早かったね」

「まあね……ねぇ、どっちが先に病室行けるか競争しようよ」

「俺がエレベーターで理子が階段？」

「そ。拓哉が勝ったら好きなお菓子買ってきてあげる」

「ほんと？　分かった、やる」

「うん、レディー……」

その言葉が理子の口から言い終わる前に、拓哉が車椅子のタイヤに手をかけ勢いよく回していく。

「あ、拓哉ずるいよ！」

「いいの！」

そう言ってにこにこ微笑む姿は、どこからどう見ても小学生の顔つきで、無邪気に廊下の角を曲がり消えていく。

「ゆっくりね！　ゆっくりでいいんだから！」

理子の声だけが、言葉の矛先《ほこさき》である人物を失った廊下で響いていた。

しん、と静まった時間が一瞬訪れ、彼女は「あの」とさっきまで拓哉に向けていた声色よりぐっと低くして話を切り出す。

「弟に近づかないでくださいって、前に言いましたよね」

「……たまたま会っただけだよ」

「それでもすぐ離れてください。弟はあなたを好いているようですけど、あの子にとってあなたは毒《どく》です。これ以上、近づかないでください」

躊躇いのないその言葉は、以前言われた時よりも強い憤りを感じた。

ふつふつと、彼女の心で煮えたぎっているその感情は、いつ爆発してもおかしくないような泡立ちが見える。

「それじゃあ」

はなから競争する気がなかった彼女は、必ず大好きな弟を勝たせようとする。だから慌てることはしないし、それが優しさなのだと疑わない。

『理子にはね、本気で戦ってほしいんだあ』

前に拓哉が言っていた言葉が頭の中で残っていた。

本当は、拓哉のあの無邪気さも作りものだ。理子が本気で戦わないことを、拓哉は知っている。それでも、戦う姿勢を見せて、にかっと笑う。

優しさは、時に誰かを静かに悲しませる。

弟のためにと思いやる行為も、拓哉は望んでいないし、それを理子は知らない。

俺の口からも知らせてあげることはできない。彼女は他者との交流を避けている。

弟を守るように、自分が嫌われ役を買って出る。それが理子だ。

だから俺は反論することもできなければ、牙《きば》を剝《む》き出すこともできない。

――俺はたしかに、拓哉にとって毒だ。

本人が仮にそんなことを思っていなかったとしても、拓哉の周りの人間にはそう思わせてしまう。あの理子のように。

「昨日、学校休んでたけど大丈夫？」

週明けの月曜日を休んだこともあり、翌日の美術の時間で吉瀬に訊ねられた。

「あ、いや……病院で」

「じゃあやっぱり体調？」

「ううん、診察」

「診察？」

こてんと傾げた彼女は、「あ、そっか」と察したような顔を見せる。

「病気の？」

「そう」

「そっかそっか。大丈夫……なの？」

「大丈夫」

そう言うと、彼女は安心したような笑みを見せる。

「わたしもたまーに行くよ。まあ半年に一回ぐらいだけど」

「えっと、……記憶の？」

授業中、誰が聞いているかも分からず控え目に聞くと、彼女はうなずいた。

「毎回同じこと言われるの。〝はい、じゃあまた次様子見ましょう〟って。別に悪くなってないみたいだけど、かといって良くもなってないんだなって思う」

「ああ……なんか分かる気がする」

「ほんと？」

「うん。それはたしかに現状問題ないのかもしれないけれど、逆を言えば良好とも言えないって話」

「そうなの！　〝治ってきたね〟って言われたら希望を感じるけど、変わらないなら気持ちも変わらないっていうか」

　驚きが滲んでいく。それは吉瀬も同じようで、

「呉野くんも同じこと思ってたんだね！」

　複雑な会話とは裏腹に、気持ちが通じ合っていることがうれしい。

「なんか不思議」

　ぽつり、そうこぼした彼女を「え？」とイーゼル越しに覗く。

「ほら、病院の話なんて普段しないから。こうして呉野くんが〝分かる気がする〟なんて言ってくれるのって、なんか不思議だなって」

　ほろほろと、緩むその頬に脱力していく気がした。

　別に力んでいたわけでもないが、彼女が微笑むとこっちまで身体の力が緩んでいく。ほっと、してしまうのだろう。彼女が笑みを作ると。白い肌が、眩しく見える。

ふと過る、あの日の出来事。

夕方、一緒に蝉の墓を作ったあの日。彼女の笑顔があまりにも輝いて見えて、見惚れてしまった時のことを。

あんな風に自分が笑うことを、彼女は知らないのだろう。世界が橙色に染まるその瞬間の彼女が、どれだけ綺麗なのか、きっと知らない。

「――あのさ」

身体の力が抜けたように、俺の思考もゆるゆると芯《しん》のないようなものになってしまっていたのかもしれない。

まるでここが異空間のように見えてしまって、どうしてそんな発想に辿り着いたのか自分でもよく分からないけれど、

「吉瀬の夕方の時間、少しもらえないかな」

突発的な俺の願いに、彼女は何を言われたのか分からないような顔をしていた。

第四章　それは二人だけの時間

放課後の教室は、とてつもなく落ち着く。

静けさを取り戻したような時間の片隅で、パタパタと走る音が聞こえた。その音を認知した次の瞬間には、ガラガラと勢いよく扉がレールの上を滑る。

「遅くなってごめんね！」

吉瀬の声は鈴の音色《ねいろ》のように心地がいい。

「いいのに、ゆっくりで」

どうやら慌ててここまで走ってきてくれたらしい。気長に待っているから、と伝えてはいたが、彼女にはあまり届かなかったようだ。

「だめだよ、呉野くんを待たせてるから。あ、ここに座ったらいいの？」

日直だから掃除があると言っていた彼女は『遅くなるかもしれないけど』と事前に知らせてくれていた。

美術の時間に伝えた俺の願いに、彼女は驚き、そして少し迷った色を浮かべては気まずそうに言っていたのを思い出す。

もちろん、今日の放課後をもらおうなんて思っていなかった俺は、すぐさま自分の発言を思い出し、言葉足らずだったことを詫びた。

『あ、ごめん。別に今日とかじゃなくて……あの、吉瀬が都合良い時で』

そもそも、気まずそうにした彼女の顔色を見て、てっきり断られるかと思えば、遅れたら申し訳ないといった心境だったらしい。

『ちょっと待たせちゃうかもだけど、それでもいいなら……でも、何するの？』

その問いかけに、俺はただ一言、こう答えた。

――夕方の吉瀬が描きたいんだ、と。

準備していた椅子に座った彼女は、ぐるりと教室を見渡し「なんか変な感じだね」と肩を竦めた。

「この空き教室って何用？」

「美術部が使う予備の部室みたい。特別に貸してもらってて」

「へえ、じゃあ呉野くんのための部屋なんだね。さすがたえちゃんのお墨付《すみつ》きだ」

へらりと微笑む姿にほっとする。

空き教室で吉瀬と二人。

彼女にとって特別な時間をもらうなんて、やはり迷惑だっただろうかと後悔したのは、美術の授業が終わってから。

じわじわと押し寄せる後悔の念は強くなり、何度か『あの時言ったことは忘れて』と言いに行こうとしたけれど、話しかけられなかった。美術の時間のように、必然的に会話が生まれるような状況でないと彼女と会話できないなんて、どこまでも情けない。

「吉瀬の絵をコンクールに出したいと思って……あ、だめだったら断ってくれていいんだけど」

「いいの!?　……むしろ大丈夫なのかな。わたしで」

困惑を見せる吉瀬に、もちろんとうなずく。

「でもびっくりしたよ。わたしの夕方が欲しいなんて人、呉野くんぐらいだから」

放課後を迎え、真面目な彼女は約束を果たしてくれた。

「そうなの？」

「そうだよ。遊んでもわたしは次の日には忘れてるんだよ？　そんな子と一緒にいるのって嫌に決まってるから」

笑いながら、簡単にそう言ってのけてしまう彼女は、きっと今までも心ない言葉をぶつけられてきたのではないだろうか。

「嫌だなんて、……そんなこと俺は思わないよ」

それが精一杯だった。ほんとうはもっと言うべき言葉があったはずなのに、俺から出てくるものは、あまりにも少ない
そう言うと彼女は安心したように笑う。

「……うれしかったんだ。夕方ちょうだいなんて言ってもらえて。思わずお母さんにもさっき電話で話しちゃった」

「え……お母さんに言ったの？」

「言ったよ。あ、わたし家族から直帰《ちょっき》命令下されてるから。学校終わったらそのまま帰らないといけないの。ほら、何しでかしてるか分からないでしょ？　しかも何かあっても忘れるから。……もしかして言わない方が良かったかな？」

「まさか……でもいいの？　直帰命令下されてるのに」

「いいのいいの。たまにはこうして放課後を楽しみたいし」

「そう……いつでも帰ってくれていいから。やっぱり、吉瀬にとってこの時間って大事だし」

「呉野くんは真面目だなぁ。クラスメイトの安全に一役買ってくれればいいだけなの」

「安全って……」

むしろ、こんな頼りない俺なんかと一緒にいることの、どこが安全なのだろうか。

それでも彼女は頬を緩ませ楽しそうに微笑む。

「この時間に家族以外と一緒にいることは、わたしにとってすごく大きな意味があるんだ。呉野くんと過ごすことで、わたしの人生は楽しい夕方で埋まっていくはずだから」

また、あの顔だ。笑っているのに、泣いてしまいそうな、そんな脆《もろ》く儚《はかな》い表情。

「でも吉瀬の安全が俺に託《たく》されていいのかどうか……」

「いいの、わたしが呉野くんといることを選んだから」

「……うん」

しかし、他の人とはまた事情が違う。吉瀬の家族だって、彼女のことは心配するはずなのに、この心配を俺が背負ってしまってもいいのか。

俺にとって彼女は特別だ。俺とこうして普通に話してくれるのも、こうして俺の願いを聞き入れてくれるのも彼女ぐらいだから。

特別で、変に扱うと壊れてしまうような繊細さがあって、どう扱ったらいいのか分からなくなる。けれど、俺の特別と、彼女の家族が抱く特別とでは、その重みが違う。

「ねえ、呉野くん」

気づけば、彼女は窓の外を眺めていた。視線を俺に戻すわけでもなく、ただじっと、静かに見つめている。

「わたしね、この時間のことをきっと明日にはもう忘れてると思う。こうして話した内容も、こうして一緒に見た風景も、覚えていられない」

夕日に染まるその横顔が淡く輝いて見える。溶けてしまいそうなその煌《きら》びやかな世界で、彼女はゆっくりと瞼《まぶた》を落とし、それから、また同じ速度で視界を広げる。

「わがままだけど、この時間のわたしを呉野くんには覚えていてほしい。わたしは忘れちゃうから無責任なんだけど、でも、呉野くんさえ忘れないでいてくれたら、この時間はなかったことにはならないから」

彼女にとって夕暮れは存在しないも同然で、意味を見出すことすらできなかったのかもしれない。橙色の世界で、切なげに見えた彼女は、きっと誰よりも深くこの時間のことを考えている。

忘れていくこの時間。忘れ去られていくこの時間。

忘れる人間と、忘れられる人間とでは、一体どちらが苦しいのだろうか。

「……覚えてる、ちゃんと」

明日には、この時間もなかったことになってしまう。

こんなにも綺麗な時間が、彼女の中から消えていく。俺の記憶だけには強くいつまでも残り続けていくのに。

この時間が好きだった。太陽が沈んでいくと、安心するから。あの光を浴びなくていいんだと思えるから。

薄暮と呼ばれる時間は、赤く燃える太陽がわずかに残り、ほとんど濃紺の空が覆い被さっているような時間帯。この世界に光の量が行き届かなくなる瞬間は、俺にとって救いに思えた。

けれど、彼女にとっては違うものだったのかもしれない。

あの太陽が沈んでいくように、気持ちが落ちていくような時間だったのなら、それはあまりにも切ない。

「吉瀬が忘れても、覚えているから」

忘れられても、それでもいい。

彼女の硝子玉《がらすだま》のような瞳がわずかに揺れ、それから小さくうなずいた。「ありがとう」と呟いた声が少しだけ震えていた。

美術の授業とは違う、たった二人だけの世界に、西日だけが差し込まれている。

閑寂《かんじゃく》が教室を包み、聞こえてくるのは時計の針の音と、グラウンドで部活動に励む青春の音。

姿勢正しく座る彼女は、どこか緊張しているのかもしれない。その目がふいに絡んだ時、息をのんだ。

「なんか、恥ずかしいね。教室にわたしたちだけって」

「あ……そう、だね。授業の時は誰かの声が聞こえるし」

会話を引き伸ばそうと努力はしてみるものの、余計な一言だっただろうか、それとももっと続けるべきだっただろうかと不安が襲う。

照れくさそうに笑う彼女につられて、自分も笑みを浮かべていることに気づいた。

「授業の時とやってることは変わらないのにね」

彼女のすらりとした手が、何度も黒い髪の上を滑っていく。前髪に触れたり、毛先に触れたり、その仕草をつい追いかけてしまう。

「呉野くん？」

澄んだ声が俺の名前を呼ぶ。そのたびに心が彼女で埋め尽くされていくような気がする。

「わたし、なんか変かな？」

「っ……あ、違うんだ。その、ごめん……緊張してて」

言わなくてもいいことを、どうして言ってしまったのだろう。緊張してるだなんて、そんなことを吉瀬に伝えてどうなるんだ。

「そっか……なら一緒だね」

ぽつりと落とされた彼女の一言。

「わたしもさっきからずっと緊張してる。だから、じっとしてるのが難しかったの。描いてもらうってことは見てもらうことでしょう？　呉野くんにずっと見られてるだなんて恥ずかしいからさ」

「そ、そうだよね。ごめん、ずっと見てて」

「あ、いいの！　呉野くんはそれが普通っていうか、当たり前だから……」

「いや、あの……あまり見ないように努力するから」

「絵描くのにそれは無理だよ！　いいの、全然見て！　恥ずかしいとか捨てるから！」

「いや、捨てなくていいから！　俺が見るのを最低限にすればいいだけで」

「そんなのおかしいよ！　呉野くんが頑張る必要ないから！」

「大丈夫！　なんとかする！」

「わたしがなんとかするよ！」

自分たちの必死さが、次第におかしくなってきて、何だか笑えてしまった。

吉瀬も目を細めて笑っている。

「ごめん……見ないようにするのは無理だ」

「わたしも……恥ずかしいを捨てるって無理だと思う」

吹き出して笑うようなことが自分にもあるのか。

俺と吉瀬だけの時間がたしかに今、流れている。

今日も寝つけないかもしれない。楽しかったこの時間を思い出して、眠りの世界には入っていけないかもしれない。

そうやって幸せを感じると同時に、現実を思い出す。

ああ、そうか、明日の吉瀬はもう覚えていないのか、と。

笑っていたはずなのに、楽しかったはずなのに、それは俺だけの記憶になってしまうリアルを突きつけられる。

「……ねえ、呉野くん」

彼女も同じだったのだろう。その瞳は、窓の外へと向けられていた。

「どうしてこの時間をもらってくれたの？」

消え入るような、頼りない問いかけだった。

一瞬どう答えたらいいか分からなくて迷ってしまったけれど、切なげな瞳を見て、するりと言葉が流れていった。

「夕方の吉瀬があまりにも綺麗だったから、描いてみたかったんだ」

忘れられてしまう。明日の吉瀬はもう覚えていない。

ならば、普段なら言えないことを言ったって、なかったことにしてもらえるんじゃないか。この一言も、忘れてもらえるのなら、それでいい。

吉瀬は、ひどく驚いたような顔と、恥じらいを混ぜたような顔をして俺のことを見つめていた。

＊

どうしてわたしの夕方をもらってくれるのか、分からなかった。

『弥宵ちゃんは記憶喪失《そうしつ》なの？』

まだランドセルを背負っていた頃。近所に住む女の子にそう聞かれ、何を言われているのか理解できなかった。

『なんで？』

『だって昨日も、一昨日《おととい》も、わたしと遊んだこと覚えてないじゃん』

その女の子と遊んだ記憶は軽く遡《さかのぼ》ってみても思い出せず『学校が終わって公園で遊んだことも忘れちゃったんでしょ？』と悲しそうな顔をされても、頭の中では夕方の記憶を引っ張り出せずにいた。

『忘れるならもう弥宵ちゃんとは遊びたくない』と、ふんと顔を背けられ、実際わたしと遊んでくれる子はいなくなった。

記憶喪失だなんて大袈裟だ。少し忘れてしまっただけなのに。

病院で検査をしても、脳に異常が見られるわけではなく、「原因不明」の結果が再度繰り返されるだけ。ストレスも考えられたけれど、当時から今に至るまで、大きな負荷がかかると感じた出来事というのは何もなかった。

唯一あげるとすれば、それこそ夕方に記憶がなくなるという障害に悩まされているということだけ。

日記にはほとんど同じことが書かれていて、眺めているのも苦痛になるぐらいつまらない日常が広がっている。

「一緒に過ごしてた……！」

同じようなことばかり並ぶ日記に、ここ最近変化が訪れた。

昨日から、同じクラスメイトの呉野くんと放課後を共にしているということが書かれている。

日中の記憶は覚えている。だから〝今日は呉野くんと待ち合わせ〟までは覚えているけれど、一緒にいたときのことは全て忘れてしまっていた。

どうなったのだろうと気になって日記を開いてみれば、わたしの知らない放課後が綴られていた。

【呉野くんのために、たえちゃんが一つ空き教室を渡したらしい！

すごい！　さすが呉野くんだ！

日直だったけど、すぐに掃除を終わらせちゃった。

呉野くんにコンクール用のモデルを頼まれてついOKしたけど、あんなにも静かだとどうしてたらいいか分からなくて緊張しかない。

どうして夕方の時間をもらってくれるのか聞いたら、夕方のわたしが綺麗だったからって！

ものすごく恥ずかしくて、でもうれしくて、にやけてないか心配になっちゃった。

たぶんバレてないと思う。

こんなにも楽しかったんだから、覚えていられないかな……。

明日には忘れてしまうなんて、嫌だなぁ】

「……忘れちゃったんだ、今日も」

呉野くんと過ごした時間が信じられなくて、自分が書いた文字を何度も読み直す。

わたしを綺麗だと言ってくれたのだろうか。ほんとうに？

とても信じられなくて、でも日記のわたしのようにうれしくて、ドキドキとしてしまう。どうしてだか呉野くんの声で『綺麗』だと再生されたような気がして、顔中に広がった熱がしばらく引いてくれなかった。

＊

昔は、よく窓に張りついて外の景色を見ていた。そうしたら、決まって母さんが俺を窓から剝《は》がしにくる。

『家の中にいても紫外線から逃れられないの』

そう言っていたのを今でもよく覚えている。

うちの窓には紫外線をカットする特別なシールが貼られていることを知っていたし、

大丈夫だよと俺は言ったけど、子供の大丈夫は大人からするとアテにならない。

俺のせいで家族の在《あ》り方が変わってしまった。

両親は早くに離婚し、俺は母親に引き取られたけれど、生活は決して楽ではなかった。俺の治療費も馬鹿にならなかっただろう。

生まれてすぐに病気が発覚した俺は、普通に生きることを許してもらえなかった。けれど、許さなかったのは、一体誰なのだろうか。

俺はどうして、普通ではだめだったのだろう。

普通を手に入れることができなかったのだろう。

『どうしてですか……！　この子は窓から差し込む光だけでも危ないんですよ！』

母さんはよく学校と揉《も》めていた。校舎全ての窓に紫外線をカットするシールを貼れとよく抗議の電話をしていたが、それらは見事に突っぱねられていた。

少しでも普通の子と同じようにしてあげたい、という母さんの考えから、学校は地元の公立に通っていた。

『呉野は菌を持ってるから気をつけろ』

けれど、たった一言で始まった陰湿《いんしつ》な嫌がらせは、俺の心に深く根づくように傷となって残っていた。

菌扱いされると、ほんとうに自分がけがれているような気がして、それからは必要最低限の言葉だけを口にするようにしていた。

求められれば話すけれど、自分から積極的には話さないというスタンスを、ずっと守ってきたつもりだ。

唾が飛んだから菌がうつった、なんて騒がれたこともあった。

遠い記憶がふわっと戻ってくるたびに傷を抉《えぐ》っていく。何年経《た》っても、消えることがなければ、古傷になることもない。

痛みは、ありがた迷惑なことに鮮度を保ち続けている。

母さんは俺がいじめられていたことなんて知らないし、どういう扱いを受けていたのかも知らない。俺が我慢すればいいだけと踏ん張っていたが、今になって思う。

――ああ、逃げたら良かったなって。

通いたくないと駄々《だだ》をこねれば良かった。本当のことを母さんに打ち明けたら良かった。俺のためだと言うのなら、もう少しわがままを言っても許されたはずだ。

学校に通うということは、俺が普通ではないということを証明されること。

外に出る時は必ず耳まであるような帽子を被り、腕にはおばさんが身に着けているようなアームカバーを装着しなければいけなかった。

外の授業はもちろん見学で、どれだけ暑くてもプールに入ることは許されなかった。

周りが羨ましくて、焦がれるように外を見る。サッカーも野球も鬼《おに》ごっこもしてみたかった。一度も叶《かな》うことはなかったけれど。

それでも俺は中学も、それから高校も、普通の学校に通い続けた。

小学校低学年までは友達になってくれた子もいたが、学年が上がるにつれて、俺の様子がおかしいと、周囲から菌扱いされるようになってからは一人だった。

高校を地元から少し離れた場所にしたのは、いつもお世話になっている病院から一番近い高校を選んだだけのこと。

それも、俺が希望したわけではなく、何かあったら困るからと母親が勝手に決めた学校だった。

そのおかげもあって、俺の病気を詳しく知る人はいない。もともと、詳しく知った人なんていなかったように思うけど。


「えっと……吉瀬？」

吉瀬の夕方をもらうようになった翌日。

昼休みに意を決して話しかけたのが数分前。

吉瀬とよく一緒にいる仲林《なかばやし》が席を外したタイミングを見計らっての声かけだったが、吉瀬は分かりやすく動揺を滲ませていた。

「……っ、な、何？」

いきなり声をかけたのがまずかっただろうか。

たしかに吉瀬からしてみれば、俺とのやり取りは、夕方の時間をもらっていいかという約束で終わっているはずだ。

「あ……いや、実は昨日の夕方、一緒に過ごしてたんだけど……」

「き、昨日だね！　うん、約束してたもんね！」

吉瀬の目がずっと泳いでいる。

心なしか頬が火照《ほて》っているように見えるがどうしたのだろうか。

そんな姿が可愛いと思っている俺はずいぶんと不謹慎《ふきんしん》極まりない。気を取り直して今日の約束を確認する。

「その、今日も夕方の時間をもらえたらいいなって思ってて……」

「もちろん……！　大丈夫だよ、うん！」

全力で問題ないと伝える彼女は激しく首を振る。

「もしかして体調悪い？　それなら今日の放課後も別に……」

「違うの！　そうじゃなくて、朝あれを読んだからで！」

「あれ？」

吉瀬の言葉に首を傾げたが、彼女は「あ、違うよ！　関係ないの。忘れて、ほんと……」と盛大に慌てて何やら懸命《けんめい》に訴えてきている。

とりあえず今聞いたことは忘れた方がいいらしい。

「分かった」とうなずくと彼女は照れたように笑う。

「もう調子が狂っちゃうなあ」

「やっぱり調子悪いんだったら――」

「あー……そうじゃなくて……あ！　呉野くんって、高岡くんと仲が良いの？」

話題が思いっ切りズレて、何度か瞬きを繰り返す。

「高岡は……少し話すぐらいだけど」

とりあえず彼女に合わせた方がいいのだろう。俺は会話能力は低くても、空気は誰よりも読めるはずだと自負《じふ》していた。俺が返事をすると、彼女はほっとしたように「そうなんだ！」と明るさを取り戻す。

「仲がいいんだね！」

「いや……特別仲がいいわけでも……」

何かと絡まれることは多いが、友達という関係ではない。そもそもそんな関係性を築いた記憶もない。

「そうなの？　なんか購買で二人を見て、すごい仲良しだなあと思って」

「……それって、あいつが男を好きとかなんとか？」

あいつと購買で一緒にいたのはあの日だけ。聞かなくとも分かってはいたが、できれば彼女の耳には入れてほしくない会話がいくつも飛び出していた。

「あ、うん。なんかそう聞こえてた」

笑みを浮かべた彼女に、やっぱりと落胆《らくたん》する。くすくすと笑う彼女は俺とは対照的に楽しそうだ。

「呉野くんってあんまり人と話してるイメージなかったから新鮮で。しかも高岡くんだから、変わった組み合わせだなぁって思ってたの。高岡くんって呉野くんにグイグイいくよね」

「……俺はできれば避けてもらいたいんだけど」

「わたしはいいと思うけどな。高岡くんって楽しい人だし。皆からの好感度も高いよね」

くすり、また可愛らしく笑う彼女に、少しだけ胸が痛んだ。

高岡は、その場にいなくとも、場を和らげてしまう力を発揮《はっき》するらしい。

──俺は、高岡のように、人を楽しませることができない。

誰かを笑顔にすることもできなければ、その場にいなくとも場を明るくするなんてこともできない。

また胸が、心が、ちくりと痛んだ気がした。

そんなタイミングで、高岡が友人と戦隊《せんたい》ごっこをしながら教室に入ってきた。吉瀬からとりあえず離れようと思ったが、逃げる前に高岡と目が合った。

「あ！　もう呉野〜聞いてくれよ〜」

それがまるで合図だったかのように、戦隊ごっこを投げ捨て俺のもとへと勢いをつけてやってくる。

正直、今こいつの顔をあまり見たくはないというのに。

そう思う原因は、恐らく吉瀬が、高岡に好意的だということが判明したからだ。

それをなんと呼ぶのか、俺は気づきたくないし、できることならその感情に蓋《ふた》をしておきたい。気持ちを抑制するのには慣れている。

「下駄箱に匿名《とくめい》のラブレター入っててさ、読んだら購買で騒がしくしないでくださいって書いてあったんだけど、どう思う？」

「……ラブレターじゃないだろ、それ」

「びっくり！　やっぱ呉野もそっち派か〜！」

「そっち派って、他に選択肢があることにびっくりだよ」

「いやね、俺もそうだと思う。でも万が一のことってあるからさ。これは一旦ラブレターとして受け取っておくことが最善だと思うんだよな」

「なんでだよ」

俺と高岡のやり取りを見て吉瀬が面白そうに笑っている。

どこに笑える要素があったのだろうか。吉瀬をこれ以上、高岡には近づけたくないけれど。

「あ、吉瀬はどう思う？　ラブレターだと思うよな？」

高岡のターゲットが吉瀬に向くものだからぎょっとする。

「んーどうだろう。わたしは呉野くんの意見に一票かな」

「まじで!?　呉野、俺らってマブダチだよな？　ラブレターだと思ってくれるよな？」

「……とにかく離れろ」

高岡鶴賀《つるが》は、良い意味でも、悪い意味でも、その場をかき乱していく。

この男の言動一つ一つが、周囲からすると華々しく見えてしまう。だからこそ、また湧き上がる感情が蓋からこぼれようとしている。

関わらないでほしい。そうすれば、俺はまた、静かに過ごしていける。何事もなく、空気のように、正しい日常に戻っていける。

「冷てぇなあ。もっと俺に優しくしてくれよ」

「しない。優しくしてくれるところに行け」

「わ、冷たい。極寒《ごっかん》？　ここ北極？　あ、いや南極の方が寒いんだっけ？　ああ、だめだ、呉野が冷たすぎて、鶴賀くん泣いちゃう」

やめてほしい。俺に、高岡の普通を与えないでほしい。誰にでもすることを、俺に与えないでほしい。俺を放っておいてくれたら、それでいい。

「もっと仲良くやってこうぜ、俺ら」

――できない。俺は、人の普通なんて、いらない。

病院の受付の人から紫外線保護クリームを受け取ると、「お大事に」と優しそうな笑みで送り出される。

お大事にと言われるたびに、どう大事にすればいいのだろうかと、つい思ってしまう。どう自分の身体を大事にすれば、俺は治るのだろう。

「あ！　今日も会えた！」

声変わりを知らない、少し高い声。この声で呼び止められると、思わず身体に力が入る。何かを突きつけられる準備のような、そんな得体の知れないものがじりじりと襲ってくるようで不快だ。

「……また、うろちょろしてんのか」

「だって病室暇なんだもん」

細い腕で、一生懸命タイヤを回す。拓哉が自力で歩けなくなって、もう二年が経とうとしていた。

「姉ちゃんは？」

「今日は居残りテストがあるから来ないって」

「そっか」

拓哉と一緒にいるところを見られたら、静かに頭に血をのぼらせて怒るに違いない。

――でも、俺だって拓哉と一緒には、いたいとは思っていない。

「ねぇゆき兄ちゃん、この前話した病気を治すアニメ教えてよ」

余程《よほど》あのアニメが気になるのか、うずうずしているような顔を見せる。

「……俺、説明下手だよ」

「いいよ！　気にしない！」

顔をパッと輝かせる。純粋で、いろいろなものに守られ、そして自分自身に蝕《むしば》まれていく。そして、それがまだ俺よりも若い年齢であることに、直視できない。

拓哉の期待に満ちた瞳に根負けし、うろ覚えではあるが、ぽつぽつと話していく。

「あれは――」

主人公の小学生の少年は、ある日〝人々の病を魔法で救うことができる力〟を宿したことで、医者では治せなかった病を取り除いてしまうという奇跡を起こす。

「でも、その魔法にはただ一つだけ、欠点があるんだ」

「欠点？」

「心から大切だと思った人の病だけは、ぜったいに治せない」

少年の母親が不治《ふじ》の病を発症し、どれだけ魔力を使っても治らないという残酷物語。

「結局少年の母親は死ぬんだよ。それで主人公は、大切な人を助けられない魔法なんていらないと絶望するんだ」

絶望し、そして、人を救うことをやめてしまう。

死にかけの人が頼んできても、山のような大金を用意されても、少年は力を使うことはなく、目の前で死んでゆく人をただ呆然《ぼうぜん》と眺めていく。

「そこで現れるのが、少女の姿をした神様」

少年と同い年の少女がある日突然現れて、少年に言った。

〝この世は、皆、神様の子なんだよ。お前が助けてやれなかった母親も、神様の子。でも、助けてやれなかったんじゃない、お前の母親がそれを望んだことをお前は知るべきだ〟

「……どういう意味？」

「少年の母親は、息子の本当の欠点を知っていた」

大切な人を救えないのが欠点ではなく、もっと別に欠点があることを。

「――彼は、自分を、治すことができないんだ」

誰をも治してしまうその魔法は、自分にかけることができなかった。

そして少年に特別な力があったように、母親にも特別な力があった。

「少年の母親は未来を予知できたんだ」

「未来……」

「予知して、そして少年が不治の病を患い、苦しんで死にゆく姿が見えた。だから、少年の母親は神様に頼む。少年にかかる病をわたしに落としてくださいって」

そう願った母親を神様は突っぱねた。これは決定事項だと。それでも母親は毎日頼んだ。

——わたしの大事な息子です。たくさんの人を助けてやれる特別な力を持っています。そんな子がどうして病気にならなければいけないのですか。

そう言った母親に、神様は言った。

——病をどうしてそんな悪いものに捉えるのだ、と。

「神様は、病は決して悪いものではないんだと言った。それは必要なものだったと言った。その必要なものを、母親に落とすことはできないと」

決められているらしい。病を患える子は。

特別で、神様に選ばれた子。

「でも母親があまりにも頼み込むものだから、いよいよ神様が折れるんだよ。『分かった。今回は特別にお前に落としてやる。だが、これまでと変わらずお前の息子は自らの病は魔法で治すことはできない。それは少年に必要なものだ』――って。その話を神様から聞いた少年は泣いた。本当の事実を知って涙を流し、また人を救っていこうと前向きになっていく話」

子供向けアニメの枠で放送されていたその作品は、当時世間でも相当な物議《ぶつぎ》を醸《かも》した。あれは子供向けではないし、放送することが間違っているとも言われていたらしい。

「ねぇ、ゆき兄ちゃん」

拓哉が、ぽつりと言った。

「……病気って、悪いものじゃないの？」

その瞳が揺れているように見えて、一瞬言葉を失った。

泣いているような目ではない。何かをたしかめたい、信じたい、そんな強い意志が宿されている。

足元に視線を落とし、アニメで流れた台詞をそのまま拓哉に伝えた。

「……その神様は、必要で大切なことだって言った。選ばれた子だけが病を患えるって」

拓哉と目を合わせられなかったのは、自分にとって納得のいかないものを伝えることに躊躇いが生じたから。

俺には分からない。病気が必要だと、思えない。

苦しい思いをして、毎日命が擦《す》り減っていくような気がして、いつ終わってしまうかも分からない恐怖と戦って、そうしてやがて死んでいく。普通の人よりも痛みを伴ったり、好きなことができなかったり、思うように生きていけないことの何が大切なんだろうか。

綺麗事を並べられ、はいそうですかと納得できる話ではない。

「そっかぁ……特別かぁ」

俺の話を拓哉はどんな思いで受け取ったのだろう。

空を見上げた拓哉は、静かに目を瞑《つむ》った。幼い横顔で、今何を考えているのだろう。

あのアニメが大嫌いだった。嫌いで、嫌いで、でも縋《すが》るように見てしまった。

どうしても思ってしまうんだ。少年のような魔法を持っている人がいれば、俺の病はなくなって、皆と外で遊べるのにって。そんな人が現れてくれたら良かったのにと、そう願ってしまうことが嫌だった。嫌なのに、希望を捨て切ることができなかった。

でも、拓哉は違った。そっと目を見開いた拓哉は、そのまま空を仰《あお》ぐようにして言った。

「ぼくもね、その人みたいに強くなりたい。誰かを治してあげられたらいいのに。そしたら、病気で苦しまなくていいし、皆幸せでしょ？」

拓哉の真っ直ぐな言葉を聞くと、苦しくなる。

自分が一番助かりたいはずなのに、治してもらいたいと願うはずなのに、それでも拓哉は笑うのだ。自分も助ける側になりたかったと、心から思っているような顔で言う。

自分がどうしようもなく汚い人間のように思えて息ができなくなりそうで、怖い。

「なぁ、拓哉」

「んー？」

——俺と一緒にいて辛くないか？

その言葉は喉《のど》の奥にしまい込んだ。

聞いてしまえば、辛くないなんて気を遣わせてしまう。聞きたいと思うのは、ただ自分の心を安心させるための言葉が欲しいだけだ。

救われる人間と、救われない人間が、どうしてこの世に存在するのだろうか。どうして、人は平等ではないのだろうか。等しく同じであれば、妬《ねた》みが生まれることだってなかった。羨ましいと思うこともなかった。

病気を患うことが特別だと思えない。どう考えたって、不公平だ。

健康でいたいと思うことが、どうして叶えられないのだろう。普通でいたいと思うことを、どうして神様は叶えてくれないのだろう。病が試練だと言うのなら、そんな試練を与えないでほしかった。そしたら、俺は……俺は——。

＊

目の前にいる呉野くんが、いつもの呉野くんではないように見えた。

放課後の空き教室で一緒に過ごしながら、元気のなさが心配だった。

話しかければ返事をしてくれるし、笑ってもくれる。

けれど、呉野くんがまとう雰囲気のようなものが、どんよりと淀《よど》んだ重たいものに感じられる。

「あ、呉野くん！　わたしのこと、あまり美化して描かなくていいからね」

呉野くんにのしかかる重みを吹き飛ばしてしまいたかった。この時間だけでもいいから、抱えているものを忘れてほしい。

「え……あ、美化なんてしなくても、その……吉瀬はそのままでいいというか」

「ほんとうにそのまま描いてくれてる？　ちょっと確認させて！」

「いやいや！　今はまだ吉瀬に見せられるようなものじゃないから！」

「最初が肝心《かんじん》だって言うでしょ？　だから今のうちに基礎をしっかりとしておかないと、ベースが美化だったら、もうそれはまるっきり別人になるから！」

「ま、待って吉瀬！　近い……！」

「え……？」

そこでようやく、自分がしようとしていたことに気づき動きを止めた。

呉野くんが必死に絵を隠そうと、イーゼルごと動かそうとし、それを止めようと呉野くんに近づいて——。

「……っ、ご、ごめんね！」

あまりにも近い距離に呉野くんの顔があってハッとした。

至近距離で呉野くんを見たのは初めてかもしれない。慌てて離れるものの、今になって自分の行動に恥じらいを覚える。

「できたら……その、ちゃんと見せるから。それまでは待っててほしい、です」

「……はい」

そう答えることしかできず、声もかなり弱いものだった。

束《つか》の間の沈黙が訪れ、いっそのこと時間を巻き戻したいと思っていると、呉野くんが小さく笑った音が聞こえた。

ちらりと見ると、呉野くんと目が合う。

「ごめん……さっきまでの勢いとは別人みたいだなって思って」

「そ、それは……さすがにわたしも反省するというか……」

「でもすごいシュンとなってるから、吉瀬の頭に耳があったらペタンって頭にくっついてるかなって想像したんだ」

「……耳なんて生えてないよ」

「うん、ごめん」

おかしそうに、口元を緩めたその顔。さっきまで背負っていたものが、今だけはどこかへ消えてくれているだろうか。

飴《あめ》色に染まった教室の中で向かい合って座ることが当たり前となった。

いつからだろう、あまり緊張を覚えなくなったのは。

「吉瀬は優しいね」

「え……」

棘《とげ》のない、なめらかな声で、呉野くんは言う。

「ずっと俺のこと、元気づけようとしてくれてるから」

「気づいていたの？」

「確信は持てなかったけど、でも今日の吉瀬はいつもよりテンション高く見えたから。もしそうなら、ありがとう」

言われて思うのは、自分は決して、優しい人間ではないということ。

「……呉野くんにはそう見えてくれてるの？」

「見えてるよ。吉瀬は明るくて、真面目で、優しい」

人から聞く自分の印象に、苦いものが滲んでいった。

「そうだよね……」

「吉瀬？」

呉野くんの手が止まっている。鉛筆で引かれる線の音は消えていた。

「……引かないで聞いてほしいんだけど」

心に溜めていたものを、そっと吐《は》き出す。

「そう見えるように、してるから、かな」

するりと言葉が出てこなかったのは、躊躇いを完全に拭い切れなかった証拠《しょうこ》。

「見えてるものだけは、ちゃんとしていようって思うの。見えていないものを補うみたいに上辺《うわべ》だけを並べてるだけだから」

呉野くんの絵は、影になってしまうものを、別に見なくてもいいものを丁寧に時間をかけて描いていた。

ああ、この人はちゃんと、見えないようなところも見る人なのだと思った。

「……演じてるだけなんだよ。人が求めていそうなことをして、ただ上手くやり過ごしているだけ。優しくなんてないの」

そんな呉野くんに『優しい』と言ってもらうのは、違う気がした。素直に受け取ることだってできたのに、わざわざ否定してしまったのはきっと――。

「呉野くんには、ほんとうのわたしを知ってほしかったのかもしれない」

呉野くんの瞳が大きく揺れる。そう言われるとは思っていなかったという思いが、露骨に出ていた。それから、

「……それでも俺は、吉瀬は優しいと思うよ」

そんなわたしでさえ、受け止めようとしてくれる。

「……呉野くんの方が優しいんだよ」

「じゃあ、お互い優しいってことにしよう」

呉野くんが与えてくれるその優しさを、ずっと覚えていられたらと思っていた。

＊

吉瀬が作った蝉の墓が、二週間経ってもまだ残っている。正確には、土がこんもりとしていた、という表現なのだろうけど。

その墓を見るたびに、あれは俺が作り出した都合のいい夢ではないことを知る。

それは、うれしい半面、俺だけの記憶なんだという悲しさがわずかに募り、それを振り払うように黒板の前に立つ松浦に視線を向けた。

「お前ら、夏休みだからって羽目を外すんじゃないぞ。いいか？　学生だってことと、受験生だってことを弁《わきま》えて行動していけよ」

担任の松浦が口酸《くちす》っぱく注意事項を繰り返す。

夜遊びは禁止とか、公園で花火はするなとか、俺を出動させるような問題行動だけはやめてくれとか。とくに最後の、自分に関わるようなことだけは三回ぐらい生徒に唱えていたように思う。余程、自身の夏休みを邪魔されたくないらしい。

明日から夏休みだからといって浮かれなくなってしまったのは、きっとやることがないからだろうか。いや、でも今年は違う。秋のコンクールに向けて絵を描くという目標がある。

「──うん、そのつもりだったよ。夕方は呉野くんと過ごすって日課になってたともあるからさ」

毎日じゃなくても、夏休みの期間、数日だけ吉瀬の時間が欲しいと頼んだら、彼女は快《こころよ》くそれを受け入れてくれた。

「いいの？　しかも夕方だし」

「わたしの夕方をもらってくれるのは呉野くんぐらいだから」

吉瀬はよく笑う。ふわり、人を安心させるような笑い方をする。

『……演じてるだけなんだよ。人が求めていそうなものを、ただ上手くやり過ごしているだけ。優しくなんてないの』

『呉野くんには、ほんとうのわたしを知ってほしかったのかもしれない』

吉瀬から吐露された不安は、目の前の彼女からは感じられない。

優しいと言った俺の言葉を、彼女は受け止めることができないような顔をしていた。

きっと、過去に心ない言葉を言われたんじゃないか。それが今でもトラウマとして残っているんじゃないか。

ならば、苦い過去を思い出させてしまったことを後悔する。

彼女には。切ない顔などさせたくはない。

だからこうして笑ってくれていると安心する。彼女の大事な夕方も、俺なんかがもらってしまっていいんだと、信じることができる。

結局、水曜日と金曜日の夕方を、吉瀬からもらうことにした。

「あ、さすがにモデル料は支払うから」

「え⁉ いらないよ！ わたしが好きで行くんだから」

「でもタダで吉瀬の時間をもらうわけにはいかないし……」

「呉野くんは考えすぎだよ。あ、じゃあ今度一緒にご飯でも行かない？ ジュースとかデザートとかおごってくれたらいいな」

「分かった。じゃあ……えっと……お子様ランチで」

「ちょっと！　ぜったいそのお子様ランチには悪意があったよね！　意地悪だ！」

「ないよ。お子様ランチ好きだって吉瀬が言ってたから」

「何なに？　二人で何の話してんの？」

肩に回された腕と共に、背後から重心をかけられ前のめりになる。

吉瀬との距離が少しだけ埋まり、あまりの近さにハッとする。気を取り直すように
ぐっと背中を伸ばした。

「……別に」

こうして俺に触れてくる奴なんて一人しかいない。

よりにもよってこのタイミングとは、つくづく高岡は空気が読めないんだなと再認識する。吉瀬との時間もあっけなく奪われてしまった。

「え？　嘘だ、仲良く喋ってたの俺見てたよ？　ね、吉瀬」

彼女に話を振って、同意を求める。彼女はまた笑う。「そうだね」と。

——ああ、やめてほしい。

吉瀬との時間を、今まで紡いできた時間を、取られてしまいそうな感覚を覚えた。

この男にそんな気がないことを分かっているのに、それでもこの焦燥《しょうそう》に似た感情を拭い去ることなどできない。

「高岡くんは夏休み何するの？」

人当たりのいい顔で、吉瀬は高岡に話を振る。

「俺？ 俺はもう毎日バイト。朝から夜まで、下手したら休みなしで働いちゃう予定」

「え？ 大変じゃない？ 勉強とか」

「ああ、俺就職組だからさ。受験勉強とかしなくてオールオッケーなんだよ。いいだろ」

「いいなぁ、でも就職は就職で大変そうだけどね」

「そうなんだよ。働くっていうのはこれまたなぁ」

あっという間に高岡のペースにのまれてしまう。どこでも、どんな相手でも、高岡は高岡だ。その人間性を貫いて、人を盛り上げ、そして場を和ます。

俺はここにいるようで、ここにいないような感覚になる。

「呉野は受験組だっけ？」

高岡の視線が俺に向けられ、視線が下に落ちる。

「……いや、受験はしない」

「あーじゃあ俺と一緒か。就職？」

「…………」

同じように括《くく》られても、俺と高岡では決定的な違いがある。俺はただ、受験しないだけだ。それが就職とイコールになるとは限らないことを、この男は知らない。

「呉野くん？」

「……ああ、いや、じゃあ、夏休み……お願い」

最後に精一杯の愛想を見せては、高岡の腕から逃れるように席に着いた。

拓哉にとって俺が毒なように、きっと俺にとっての毒は高岡だ。

こんな感情なんて、知らない方がずっと良かった。人と関われば関わるほど、自分の醜《みにく》さが露呈《ろてい》していくようで嫌だった。

こんなの、知らない方がずっといい。だから一人を貫いてきたつもりだったのに。

第五章　穏やかであまりにも悲しい旅立ち

夏休みに入って初めての病院だった。八月上旬、夏本番。

夕日を眺めながら、今頃吉瀬は何をしているのだろうかと考える。

大学に進学すると言っていた吉瀬は、夏休みも勉強漬《づ》けらしく、塾にかかりきりだという。

それでも、勉強は夕方まで。その時間に勉強しても忘れちゃうからと、彼女は笑っていた。

だから、彼女が今、どんな風に過ごしているのか気になってしまう。

家でくつろいでいるだろうか。面白いドラマでも見ているだろうか。

そういえば、吉瀬が好きそうなお子様ランチがある店を探さなければいけない。

きっと彼女は顔を綻《ほころ》ばせて喜んでくれるだろう。笑顔を想像したら暑さが少し和らいだ。

病院の中が、やたらと慌ただしいことに気づいたのは、受付を済ませ、ロビーで診察を待っている時だった。

人が行ったり来たり。その中には鈴川先生も混じっていて、俺に気づかないまま通り過ぎていく。

——嫌な予感がする。

昔から、病院に来ることが多く、だからこそ、こういう雰囲気をいち早く察してしまう。

エレベーターが到着した音に視線を向ければ、出てきたのは理子だった。

冷静で、顔色一つ崩さないあの理子が、この世の終わりだと言わんばかりに廊下を走っていく。

途中、俺と目が合うと、その瞳は不安げに揺れて、唇を噛みしめていた。

「……もしかして、拓哉に何かあった？」

そのまま通り過ぎていこうとする背中に問いかけると、その足はぴたりと止まった。

「……容態が急変したって……今日が山場かもって」

強気な理子の声が、震えていた。

俺を一瞥《いちべつ》すると、大きく息を吸って、何かを振り切るように走っていった。

俺は、その後ろ姿を、ただ静かに見つめていることしかできなかった。理子の背中を追いかけることも、拓哉に会いに行くことも、できなかった。

鈴川先生ではなく、今日は代理の先生に診《み》てもらうことになり、その診察が終わっても、俺はただ一人、ロビーから動けないでいた。

それは拓哉を心配してなのか、心の整理がつかないからなのか、自分でも分からなかった。

ただ、どうしようもない不安だけが心の中を騒がしくさせていた。

「……あの」

ふいに落とされたその声に身体全体が反応する。どれくらいそうしてただろうか。顔を上げれば、いつになく冷たい理子の顔があった。

「拓哉が……あなたに会いたいって、……言ってます」

か細く、そう絞り出すのがやっとのような、そんな音。

月の光に照らされた彼女の頬は、涙のあとが残っていて、弟の死を覚悟できていないその横顔に心が痛んだ。

拓哉の病室の前まで行くと、すすり泣く声が聞こえる。ぼそぼそと聞こえる男女の会話は、きっと拓哉の両親のものなのだろう。

家族の時間を邪魔していいものだろうかとノックを躊躇ったが、拓哉が俺に会いたいと願ってくれたことを思い出し、扉を叩いた。

ガラガラと、レールを滑っていく扉の先では、拓哉の両親がベッド脇《わき》に座って泣いていた。

足が竦んで、声がひゅっと止まってしまいそうになる。

「……あ、あの、すみません。拓哉に、会いたくて」

——違う。会いたいは、嘘だ。

本当は、ここから逃げ出したい。

「もしかして、ゆき……さん？」

拓哉の母親が俺を見て訊ねる。その目は赤く染まっていた。

「……呉野幸人です。拓哉と……よく話をしていて」

どう説明すればいいのか。よく、なんて関係でもなかったけれど、上手い言葉が見つからない。

ベッドの上で眠る拓哉は、あどけない顔で弱りきっていた。息をするのもやっとなのだろうか、その呼吸はどこか苦しそうだ。

「……拓哉に、会ってあげてください」

拓哉の両親は、二人揃って無理して笑っていた。

「この子も喜ぶと思うから」

廊下に出ていった二人に「……ありがとうございます」と小さく漏《も》れていく声。

少しでも拓哉と一緒にいたいはずなのに、こんな時でさえ気を遣ってくれる拓哉の両親。その心中を察すると、あまりにも痛い。

ベッドサイドにあるパイプ椅子に座っては、静かに眠る拓哉の顔を眺めた。

ずっと病院暮らしだった。学校にも行ったことがなかった。

それでも、拓哉はいつもにこにこしていた。病魔を感じさせないその顔に、いつだって俺は怯《おび》えながら拓哉の前に立っていた。

後悔ばかりが押し寄せる。もっと優しくしておけば良かったとか、もっといろんなことを教えてやれば良かったとか——俺が拓哉になってやれたらとか。

そんなことを考えては、拓哉の顔が見られなくなっていく。

シーツから出ていた拓哉の手は、まだまだ小さな子供の手をしている。

あまりにも幼い手を見ていると、目頭がじんわりと熱を持ち始めた。

まだこんなにも子供なのに。子供らしいことなんて何もできなかったのに。

そんな子が今、目の前で息絶えようとしている。

「……ゆき、兄ちゃん」

途切《とぎ》れ途切れに聞こえたその声に視線を上げると、目を閉じていた拓哉が、俺を見ていた。

「……来て……くれたんだ」

その顔が、ほろりと笑みを作る。苦しい中でも、人を安心させようとするその顔に言葉が詰まった。

「……ゆき兄ちゃんにね……会いたいって、思ってたんだ」

「……どうして？」

「話、したくて……」

拙《つたな》い喋り方で、それでも、普段見せている笑顔とは変わらないものを、今なお浮かべようとしている。

げっそりとした頬が見ていられなくて、視線を逸らしてしまいたくなる。それでも、拓哉の顔から目が離せない。

「前に……アニメの話、してくれた……でしょ？　あのね、ぼく、ずっと考えてたことがあって……どうしてぼくは、病気を持って生まれてきちゃったんだろうって……。病気があるとね……おとうさんも、おかあさんも、理子も、ずっと泣いてて……ずっと、頑張ってて」

拓哉から見た自分の家族は、いつだって辛そうに見えていたのだろう。

人のことを思いやる拓哉にとって、それはとても耐えがたいものだったはずで。

「ぼくね……生まれてこない方が良かったのかなって……思ってた……」

「そんなこと……っ」

「うん……そんなこと、ないんだって……ゆき兄ちゃんの話を聞いて、思ったよ。病気は悪いものじゃないって、神様が与えてくれたものだって……思ったら……ぼくは、特別になれてたんだって……思えるんだ……。他の人が……経験、できないこと……ぼくは、できてるんだって……これは、ちゃんと、意味があるんだって……」

それは本心から出る言葉なのだろうか。それともまだ、自分に言い聞かせる言葉だったのだろうか。

「ねえ……ゆき兄ちゃん……意味……あるんだよね？　ぼくたちが……病気になる意味……ちゃんと……あるんだよね？」

生まれてからずっと抱えてきたそれは、自分の力ではどうすることもできなくて、課せられたのか、はたまた科せられたのか、生きている人間には分からない。

周りは、希望を持たせるような言葉ばかりを投げかける。でも、自分の身体は自分が一番よく理解していて、そんな希望がないことぐらい分かっている。

分かっていて、それでもやっぱり、その希望に縋っていたいと思ってしまう。

根拠《こんきょ》のない言葉でも、例えただの励ましだったとしても、それを拒絶したくなる気持ちや、それを受け入れなければならない気持ちと常に戦わなければならない。

この小さな身体で、一体どれだけの苦悩を背負って生きてきたのだろうか。

いつも笑っているその裏で、一体どれだけ泣いてきたのだろうか。

「……あるよ」

病気は憎い。授かれて良かったなんて思えるはずもない。

「神様は……拓哉を選んだんだ。拓哉だから、特別に」

でも、そんなこと、言えるはずがない。そんな無慈悲《むじひ》な言葉なんて、衰弱《すいじゃく》していく拓哉に突きつけられるものじゃない。

だから、どれだけでも嘘をつく。今だけは、どれだけでも。

「……そっかあ……そうなんだ……特別か」

拓哉は笑っていた。最後まで。

目を閉じて、それから、こう言った。

「生まれてこれて……良かったなあ……ぼく……しあわせ、だったなあ……」

そう残した拓哉は、本当に幸せそうな顔をしていた。

静かで、あまりにも穏やかな、そんな夜が、どうしようもなく怖くて悲しい。

生きている心地がしなかった。どうしようもなく不安になって、どうやってこれからを過ごしていけばいいのか、漠然《ばくぜん》と分からなくなってしまった。

廊下に出て、拓哉の両親に短く挨拶をする。二人は「会ってくれてありがとう」と言うけれど、俺は何も言えなかった。

苦しくて、それを紛《まぎ》らわすように病院を飛び出し、あてもなく走った。

月夜の光るこの時間でしかまともに外にいることを許されないこの身体を、どうしようもなく脱いでしまいたくて仕方がない。

病気になる理由なんて、そんな理由がもしあるなら消えてしまえばいいのに。

どんな理由であれ、公平さを奪い取った神なんか、信じられるわけがない。

拓哉は本当にあの答えで満足しただろうか。あんな答えを最後に聞かされて、それで幸せだったと言えるのだろうか。

特別なんて、特別な存在だなんて、思えるわけがないだろ。思えるはずがないんだよ。

走り続けた先に、何があったというのだろうか。何が見えたというのだろうか。

――俺はこのまま生きていて、いいのだろうか。

なあ、拓哉。お前は本当に幸せだったのか？　本当に幸せだったなんて思うのか？

ごめん、ごめんな、拓哉。あんな言葉でしか送り出せなくて、あんな言葉しか、お前に向けられなくて。

死ぬのは、本当は俺の方だった。

油蟬《あぶらぜみ》がよく嗤《わら》っていた。頭の中の鐘《かね》を、じんじんと鳴らすような、そんな音。けれど、そんな音は別に今、唐突に聞こえたわけではない。ずっと前から忙しなく鳴いていた。それに気づかなかったのは、ふと意識が途切れたから。

拓哉の命が尽きてから、もう一週間が経とうとしていた。

ぼんやりとしてしまう時間が増えてしまって、一気に深い悲しみに突き落とされたような気がする。

拓哉の葬式で飾られていた遺影《いえい》は、屈託《くったく》なく笑っていた。

あまりにも幼くて、あまりにも小さな身体が棺桶《かんおけ》に入っているのを見た時、心が壊れていった。

理子が泣き崩れ、拓哉にしがみつく姿を見た時、初めて弱い部分を弟に見せているように思えた。

強気で、気を張っていて、でも拓哉の前ではいつだって優しいお姉ちゃん。

そんな理子が、声を上げ、周囲の目さえ憚らず、泣いていた。

ずっと、ずっと、泣いていた。

——遠くでバタバタと聞こえ始めたのは、蝉の合唱をどうにか気にしないよう格闘している時だった。

「あ！　今日はわたしの方が早いかなって思ったのに。待たせちゃった？」

制服姿の吉瀬が、呼吸を乱しながらいつもの場所へと入ってきた。

その姿に、無性に苛立《いらだ》っていた心が、自然と鎮火《ちんか》していくような不思議な感覚になる。

「そんなことない。今来たとこ」

嘘だ。実際は時間さえ飛んでいた。あまりにも強く鉛筆を握りしめていたせいか、手のひらに食い込むようなあとがついていた。

「ほんとうに？　ずっと前から来てたんじゃなくて？」

「まさか。ほんとうに今来たんだ」

「そっか。なら信じてあげましょう」

彼女はにこりと微笑み、定位置に座った。

「今日も暑いね」

首筋にくっついた髪を払いながら、艶やかな髪をなびかせる。

「暑い中、夏休みまで来てもらってごめん」

「もう、いいんだよ。わたしが来たくて来てるんだから」

吉瀬は、決して人を不快な気持ちにさせたりしない。そういう類《たぐい》の天才だと思う。表情にだって、言葉にだって、不の感情を微塵《みじん》も滲ませたりしない。気を悪くしていないのかもしれないけれど、それにしたって吉瀬の言葉一つで、俺はどこか救われている。

「何だか呉野くんに会うのは久しぶりな気がするね」

吉瀬が言った通り、夏休みでも週二日会っていたけれど、先週は休みにしてもらった。

「こっちのお願いに付き合わせてるのに、勝手なこと言ってごめん」

「もう、呉野くん謝ってばかりだよ。気にしなくていいのに、ほんと」

会いたかった。吉瀬に会いたくて、顔を見たかった。けれど、会えなかった。会う勇気が持てなかった、と言った方が正しいのかもしれない。

「わたしとしては、これで呉野くんの連絡先ゲットできたから良かったんだけどね」

恥ずかしげもなく言うものだから、聞いているこっちが照れてしまう。

「呉野くんも律儀だよね。先生から家に電話きた時は驚いちゃったよ。『呉野が連絡先知りたがってるけど教えていいか』なんて聞かれるものだから」

「友達いないから……知る手段なくて……」

今まで人と関わることを避けてきた代償《だいしょう》なのだろうな、と学校に電話しながら思っていた。たまたま、夏休みに出勤していた担任が電話をとってくれたので話は早かったが、あれが別の先生だったら……なんて考えると、運が良かったことを今さらながら痛感する。

「わたしたち、連絡先知らなかったもんね」

「うん……聞こうとは思ったけど」

でも、人生でそんな行動に出たことなんて一度もなく、どう聞いたらいいのか正解を選択できなかったというのが正直なところ。連絡先一つ聞くのに、俺はこんなにも臆病《おくびょう》なのかと自分を恥じたぐらいだ。

「体調悪いって言ってたけど、今は大丈夫そう？」

いつもの定位置に座る吉瀬と、イーゼル越しに目が合う。

会うのを先延ばしにした理由はそんなありきたりな嘘だった。

体調を崩していたわけではないけど、もっともらしい理由なんて頭に浮かばなくて……いや、嘘をついたわけではない。たしかに気分は優《すぐ》れなかった。

「あ……うん。平気。今は回復した」

うなずき一つ、ぎこちなさが表れてしまったかもしれない。その証拠に、吉瀬の硝子玉のような綺麗な瞳が、俺をじっと見つめていた。

「何かあったの？」

どきり、心臓が不快な音を立てた。

その目が、あまりにも真っ直ぐに核心をついてくるものだから、自然と瞬きが増えていく。

定まらなくなった視線は、逃げるように目の前に用意された紙の中へと落ちていった。

「……いや、何も」

何も、ない。

そう言い切れば良かったのに、俺はまた、拙さを露骨に出してしまった。

「嘘、何かあったんだよね？」

珍しく吉瀬が笑っていない。いつになく真剣な顔で、俺の心の奥へと踏み込んでくる。

「呉野くん、わたしが来た時からずっと……」

彼女の言葉が、ぷつりと消えた。言うべきではないと、直前で判断したんだろうか。

その瞳が、揺れていた。

本気で心配しているように見えたのは俺の気のせいなのかもしれない。俺は吉瀬じゃないから分からない。分からない、けど──。

「今の呉野くん……すごく不安だ」

偽りのない言葉が、ずとんと心に落ちてくるみたいだった。

不安なのは、彼女の方なのか。それとも俺の方なのか。

言葉がない。どう捉えていいのか分からない。この瞬間で分からないことばかりだ。

鉛筆を握る手にぐっと力が入っていく。自然と呼吸が浅くなっていく。

「……っ」

このモヤモヤを、どう消化したらいいのか、ずっと答えに辿り着けず、とうに限界を迎えていた。その重い塊《かたまり》を、吉瀬はもう見抜いてしまっている。

視線は持ち上がらなかった。吉瀬からずれたまま、ようやく絞り出すような声で言葉が出ていった。

「……先週、俺が通っている病院で──」

頭の中に、拓哉の残像が映し出される。この一週間、何度も何度もその姿が離れなくて、そのたびに後悔と懺悔《ざんげ》が押し寄せる。

「……亡くなった子がいて……小学生の、男の子が」

言葉が詰まってしまう。するすると、出てこない。

吉瀬の息をのむような音だけが、静寂に包まれた教室に響く。

「……ずっと、その子に会うたびに罪悪感みたいなものが増えて、避けるようになったんだ。どんな顔をして会えばいいのか分からなくて……でも、その子は俺を好いてくれていた。兄のように慕《した》われることを、俺は拒《こば》めなかった」

いつだって、距離をとろうとする俺に歩み寄ってくれていたのは拓哉の方だった。どれだけ遠ざけようとしても、拓哉はそんな壁をいとも簡単に壊して、無邪気な笑顔で俺を呼んでくれていた。

「……でも、申し訳なかった。話すことさえ、許されていないような気がした」

拓哉に対する気持ちはいつも同じだった。

「……どうして？」

吐息《といき》交じりの、切ない声に言葉を詰まらせる。彼女が、どんな顔をしているのか、見ることさえ今は怖い。

大きく息を吸い、肺《はい》にあるものを全て吐き出すようにこぼした。

「……同じだから」

「同じ？」

「——俺と同じ、病気だから」

黒ずんだ肌が、忘れられない。拓哉の、肌の色が、今も俺の記憶に焼きついて離れていかない。

同じだと、そう伝えるのが怖くて——認めてしまうことが怖かったのだと思う。

拓哉と同じ病気ということは、自分の命もまた、残りわずかだと認めなければいけないことが、心をかき乱していた。

「その子が亡くなって……俺も……」

拓哉の死が悲しかった。と同時に、自分の死も、すぐそこまで迫っているのかと思ったら、無性に怖くなり、どこかに縋りたいと身も心も震わせた。言い知れぬ恐怖が、俺をどんよりとした空間から捉えようと追いかけてくるように思っていた。

沈黙が下り、それから間もなくして、彼女が重い口を開いた。

「呉野くんの……その病気は……長く生きることができないの？」

言葉の端々《はしばし》から感じられた困惑は、音として俺の耳に入ってくる。

家族以外、誰にも打ち明けたことなどなかった。伝えることでもないと今まで閉じ込めてきた事実を、目の前にいる彼女に明かす。

「……できない」

色素性乾皮症の場合、重症例の場合は若年《じゃくねん》のうちに死亡することが多いとされていた。

「俺の場合、進行が遅いだけで寿命が長いわけではないんだ。神経にはまだ異常が見られないけど、いきなり進行が進む場合もあって……大人になるのは……難しいって」

鈴川先生にも、いつ神経障害が起こってもおかしくはないと言われていた。今が信じられない奇跡なのだと、診察のたびに聞かされる。

当たり前のように大人になることが俺には許されていなかった。

誰もが一度は語る将来の夢ですら、俺には選択肢など与えられたことがない。この先に続いている人生は、人よりも早く寿命が尽きてしまうという未来だけ。

その現実に向き合うのがずっと怖かった。怖くて怖くて、ほんとうはたまらないことに、気づかれたくなくて、でも誰かと一緒にいたくて。

訪れた静けさで我に返ると、途端に後悔が押し寄せて勢いよく吉瀬へと視線を戻した。

「こんなこと言って、ごめ――」

その続きは、彼女の顔を見たら止まってしまった。

ぼろぼろと、その綺麗な瞳から、大きな涙が頬を伝っているのを見て、言葉が喉の奥でひゅっと引っ込んでいく。

彼女も気づいたのか、慌てて手の甲《こう》で涙を拭った。

「っ……ごめんね、言わせて……ごめんね」

その声があまりにも悲痛《ひつう》で、胸が張り裂けてしまいそうな痛みを覚えた。

悲しみと、悔しさと、後悔が、一度に表れているような、そんな表情で、俺は何も言えなかった。

情けなく、ただ首を振ることしかできなくて、それと同時に自分の頬にも、彼女と同じものが流れていることを、すぅと頬を撫でた感覚で知った。その時ようやく、自分も泣いてるのだと他人事のように自覚する。

「……吉瀬、ごめん」

たったそれだけ、呟くことが精一杯だった。

第六章　抜け落ちた秘密のはずだった

夏の終わりが来るたびに、俺は来年、夏を迎えられるのだろうかと考えてしまう。

登校日に出席する生徒はかなり限られているというのに、俺はしっかり登校し、そしてその数少ない生徒の中には、あのうるさい高岡がいた。

「呉野！　どう？　俺こんがり焼けたと思わない？」

「……どうだろうね。もとを覚えてないから」

俺の病気を知っているのに、肌が焼けたと自慢するこの男は無神経にも程があると思うが、悪意は微塵も感じられない。

「興味なっ！　前々から思ってたけど俺に興味なさすぎじゃない？　それって大問題だよ。また鶴賀くんを泣かせにこようとしてる？」

「前科があるみたいに言うな、そもそも高岡に興味持ってどうすんの」

「俺は呉野に興味あるよ。なんなら夏休みの間は呉野のこと考えた日もあったぐらいだからな」

「え、なんで」

「マブダチだからに決まってるだろ」

この男はやたらと俺と友達という設定にこだわりたいらしい。

どうして俺をこんなに構うのだろうと不思議に思うけれど、その高岡の無遠慮さにどこか救われている自分がいるのもたしかだ。

「呉野だって俺と会えなくて寂しかっただろうし」

「寂しくはなかったけど」

「会いたくて震えてんだろうなって思ったら気が気じゃなかったけどさ」

「人の話ぐらい聞けよ」

うっとりと自分の世界に浸る高岡の痛い妄想に呆れていると、視界の端に吉瀬がちらりと映った。

登校した彼女をつい追いかけてしまう。

──あの日、吉瀬のあまりにも綺麗な涙が忘れられなくて、どうして言ってしまったのだろうと後悔した。

けれど、あれから彼女は至って普通で、当たり前だけれど、あの時間は彼女の中では消えてしまっていることに気づき、後悔は少し和らいだ。

「あ、呉野くん。おはよ」

ふいに目が合うと、彼女はいつも通り笑いかけてくれる。

「おはよ」

「今日も暑いねぇ」

「うん……ほんとに」

その笑みは、俺が長く生きられないと話す前となんら変わりない。

拓哉のことが頭に残り、吐き出すようにあんなことを口走ってしまったけれど、本来なら誰にも打ち明けるつもりなんてなかった。

そもそも友達もいない俺は、親しく話す人間さえいなかったというのに、彼女にだけは明かしてしまった。

黙っていることができなかったのは、どうしてだろうか。

定められた運命を十分に生きてきたつもりだったのに。受け入れてきたつもりなのに。途端に抗《あらが》いたくなってしまったのは俺らしくない。

死が迫り、現実味を帯《お》びたことによって、往生際《おうじょうぎわ》悪くこの運命から逃れたくなってしまったのかもしれない。

拓哉の死と向き合い、次は自分に降りかかるものだと誰かに言われたような気がしたのだ。

ああ、逃げられないんだ、俺は。

そう思ってしまったから。だから、きっと吉瀬に伝えてしまったんだ。

彼女には苦しい思いをしてほしくない。俺なんかのことで、もう泣いてほしくなんかない。

ただ、笑っていてくれればそれでいい。

吉瀬にとって大切な夕方を、ただ静かに一緒に過ごせればそれで良かった。

忘れてはいけない。俺は自分の立場を決して忘れてはいけない。

「何、怖い顔してんだよ、クールな顔が台無しだぞ」

「……お前はいい加減静かにしてくれよ」

こうして、高岡みたいに馬鹿騒ぎして過ごせたら、どれだけ良かっただろうか。そんな人生を選んでこられなかった俺は、どこを間違えたのだろうか。


「えーっと、夏休みエンジョイしてますかー。えーそうですね、先生は登校日なんてもんは作るんじゃねぇぞと抗議したい気持ちで今、皆の前に立っていまーす。ちなみにエンジョイ派は今すぐ先生の前に来なさい。この前無理やり聞かされた眠れなくなるほど怖い話を耳元で囁《ささや》いてあげます」

なんとも気怠《けだる》そうに、それでいてやる気のなさというのがここぞとばかりに浮き彫《ぼ》りになった松浦は、心の底から登校日を恨んでいるのだろう。

「先生だってねぇ、休みぐらい欲しいんですよ。でもね、登校したのでね、どうか先生を褒めてくださいよ」

俺は三十路《みそじ》なんだ、と。何かと理由をつけるこの男は、調子のいいことばかり言っては生徒の心を上手く掴んでいく。

親しみやすい先生。若くて、白髪《しらが》が時折光沢《こうたく》を放つように輝いて、それを指摘すれば『もがいて生きている証《あか》しだ』と答えてくる。その証しを、ぶちっと、簡単に引っこ抜いてしまうのはどうなのかといつも思うけれど。

普段の登校日であれば、病気を都合よく使い堂々と欠席を選んでいた。それが違ったのは、たまたま今日が吉瀬と約束している日だったから。

特別な教室で、彼女と過ごす大事な時間を与えてもらえるから。だから、このくそ暑い日差しの中でも登校した。

「――で、お前のこれは白紙でいいんだな？」

また白髪、と、ぎらぎら光るそれを見つけたタイミングで声をかけられ「あ、はい」と芯のないような返事が出ていった。

短いホームルームが終わり、登校日に出席した勇者が帰っていく中で、俺は職員室にいた。三十路担任に呼ばれて。

「いや、まあ、お前の事情を知らないわけじゃねぇよ？」

そう言って、ひらひらと手元で煽《あお》るのは、夏休み前に提出した進路希望調査用紙。

各々で進みたい大学や、就職先を記入していく中で、俺のものは最初からまっさらだった。

「でも白紙は白紙で、なんかなあ」

その提出内容がどうも納得いかなかったようで、三十路先生こと松浦は頭を豪快《ごうかい》にかく。黒髪の中で白髪が躍った。

「でも、それが答えなんで……」

すみませんと、消え入りそうな声でぼそぼそ呟けば、松浦は「いや、分かるよ」と続ける。

「お前の親御さんからは話は聞いてるし。ただ、もうちょっとやりたいことやったらいいんじゃねえかって思うんだよな、俺は」

やりたいこと、思わず松浦の言葉をなぞった。

「お前にだってあるだろ？　この先やりたいことって」

それを聞いた瞬間、自分の頭の中に浮かんだのは、漠然とした白い塊だった。それが何なのか分からず、それを消化しきれないまま口を開く。

「……考えたこともなかったです」

俺の人生は最初から決まっていた。生まれた時から、この地球で産声《うぶごえ》を上げた瞬間から、絶望という名の札《ふだ》を貼られたような人生だった。

この先、なんて不確かなものが、俺には存在しないと思っていた。

高校を卒業して、その先は考える必要さえないと思っていたこの俺の人生に、その質問はかなり難しい。

そもそも、俺の学生生活は中学で終了を迎える予定だった。

義務教育は最低でも通った方がいいと言われ、どれだけいじめられようが踏ん張って通った。

それをどう受け取ったのか、今度は『高校にも行った方がいいんじゃないか』という結論に至った俺の母さんはどうかしてる。

『今は何もないんだから、高校に行きましょう』

異常がないから、病気の進行も遅いから、だからこれまで通り普通に学校に通いなさいと、母さんはそう俺に言った。

『大人になれば高卒は何かと有利だから、行っておいて損はないわよ』

母さんは、俺が成人を迎え社会人として働く未来が見えているのかもしれない。

結局、俺にはなんの選択肢も与えられないまま決められた高校へと進学するしかなかった。

あそこで反論しなかったのは、もうすでに、決められたレールを走るしかないのだと、人生に悲観していたから。

だから松浦の質問は、とても簡単に決められるものではないと思う。

「そうか、それもそうだよな。――なら、考えるきっかけにすればいい」

と自己解決したところで、斜め上の回答を飛ばされた。

「え……」

「考えたことがないなら、考えればいい。この先どうしたいか。どう生きていきたいか。それは、別にお前が背負うものを踏まえる必要なんてない」

松浦は意見を押しつけようとはしない。そして真っ向から否定することもない。日頃から生徒の意見を上手く汲《く》み取りながら、同じ目線に立とうとしてくれる。この人が生徒から信頼を寄せられるのはよく分かる。

「……難しいです」

「今すぐ答えを出せって言ってないから安心しろ。考えたことがないんだからな。考え甲斐《がい》があるってもんだろ？」

「……逆に先生はあったんですか？　やりたかったこと？」

「俺？　そりゃあ挙げだしたらキリがないぞ。世界一周とか、あ、どっかの社長とか。そもそも金持ちになりたかったし、綺麗なおねえちゃん連れて都会を満喫《まんきつ》したかったし」

「ずいぶんと……立派な夢ですね」

「おい、馬鹿にしてるだろ、それ」

しっかりと幻滅したところで、

「でもな、そんな身構えなくていいんだよ」

ふいに、先生らしい顔をするもんだから、思わず耳を傾けてしまった。

「心の赴《おもむ》くままに。やりたいと思うことをやればいい。それを許されている世界なんだから、お前がいるここって」

それがどこを指しているのかは定かではなかったが、ふとこの前の松浦の授業が頭の中を静かに過った。

世界史を教える松浦の授業はいつも楽しくて、よく小さな笑いを生徒から掻《か》っ攫《さら》っている。

その中で、今も戦争で苦しむ国の話を聞いた時だけは、時間が止まってしまったかのように、声を上げる者なんていなかった。もちろん、笑いなんてものが起きることもなかった。

同じ時代に生きるというのに、自分たちとあまり年齢が変わらない子供たちが戦争に駆り出されて命を失う。家族や、大事な人を守るために、消えていく尊《とうと》き命。

俺たちは紛争下にいる人たちよりも、よっぽど平和で、命が奪われることもない。

未来を選べない子たちがいるという現実が、今もどこかに広がっている。

もしかしたら、選択の自由を与えられていることを教えてくれているのだろうかと思ってしまう。

松浦の表情が和らいだ。

「呉野、お前も大人になるんだ。想像つかねぇかもしれないけど、大人になっていく。それは年齢がどうとかじゃない。生きていく限り、成長していく。大人っていう字は、人が大きくなるって書くだろ。大きくなるんだよ、呉野も。心が大きくなっていくんだ。なれないかもなんて、考えるんじゃねぇぞ。そんなもん、やる前から決めてたら、後悔しか残らねぇんだから。やりたいことを見つけるって意外と悪いもんでもないからな」

〝大人になる〟

それがどれだけ俺の心に響いたか。大人になることすら難しいと言われてきたこの人生で、当たり前のように俺にも使われたことがうれしかった。

ちゃんと俺にもあるのだと、松浦は教えてくれた。

今までの授業なんて比じゃないほどに、先生らしい顔つきで、俺に何かを伝えようとしてくれていた。

ふと視界に入った、あの白紙の進路希望表。

――真っ白にしてるのは、俺自身だったのかもしれない。

いつ来ても、無愛想《ぶあいそう》な机と椅子が並ぶこの教室で、お決まりのように美術セットを準備していく。

今日で吉瀬を描くのは通算十枚目。

吉瀬本人には、一枚の絵をずっと描いているように見えているだろうけれど、実のところ、吉瀬の線を模《かたど》ったそれらは、俺の通学鞄《かばん》にしっかりとしまわれている。

夏にしては緩やかで涼しい風が教室に吹き、その風に紛れるようにしてやってきたのが吉瀬だった。

「あれ？　もう来てたんだ」

先にここで待ってもらっていた吉瀬がいなくて、正直焦《あせ》ってしまったけれど、彼女が座る椅子に【すぐ戻るから】と書かれたメモを見つけて安堵した。

「うん、意外と早く終わって」

「そっか、松浦先生の話なら長くなると思ってたから、まだだと思っちゃった」

そう言って手にしていた白いタオル生地《きじ》のハンカチをスカートのポケットにしまった。

「今日は午前中だからなんか新鮮だね」

いつもは夕日が差し込む時間帯を共にするけれど、登校日だったということもあり、彼女とこうして膝《ひざ》を突き合わせるのは必然的に明るい時間になる。

「そうだね」

「この時間だと、呉野くんと話した内容もばっちり覚えてるよ」

ならば、この前の夕方の時間も、彼女は忘れているのだろうか。

「……あのさ、吉瀬」

「ん？」

「この前の……その、病気の話なんだけど」

そこまで言うと、彼女は一瞬反応を見せたような顔をしたが——。

「病気？　わたしの？」

けろっと忘れているように、目を丸くしていた。

「あ……いや、いいんだ。なんでもない」

忘れてくれているのなら、それでいい。

「何なに、そこまで言われると気になるよ」

「いいんだ、すごくどうでもいいことだったから」

「えー、どうでもいいことでも知りたいなぁ」

「あ、お子様ランチいつにしようか」

「話逸らした！」

もう、彼女とは楽しい時間など過ごせないかもしれないと思っていた。

彼女を泣かせてしまったから。俺なんかのことで涙を流させてしまったから。きっともう、笑い合うことはできないんじゃないかと。

大丈夫だ、あの日の夕方の記憶は、彼女の中で綺麗さっぱりなくなっている。

「この近くに吉瀬が好きそうなデラックスお子様ランチっていうメニューがあるファミレスを見つけたんだ」

「デラックス!? すごい、そんなところがあるなんて知らなかった」

無邪気にはしゃぐ彼女を見ていると、どこまでも心が満たされていくような気分になる。

「吉瀬って、期間限定とか、今だけとか、そういう言葉に弱そうだね」

「なんで分かったの!?」

「当たってたんだ」

笑みがこぼれていく。うれしそうにしてくれてると、それが伝染するように俺の心にも同じものが広がった。

「だって限定って言われたら、チャンスは今しかないんだ!って焦らない？」

「分かる」

今だけ、なら、次の時にはもう俺は生きていないのかもしれないと考える。

期間限定なら、これを逃したら次の機会なんて二度とないんじゃないかと、そう思って生きてきた。

「あ、じゃあさ、呉野くんおすすめのファミレスに行ったら、次は期間限定のお店巡りしようよ」

「え……」

「いろんなところに行くの。電車乗って遠いところに行くのもいいね。あ、食べ物限定じゃなくても、体験とかもいいかも。牧場で動物に触れ合うとか、陶芸《とうげい》に挑戦してみるとか。いっそ遊園地とかもいいね」

彼女の口から紡がれる夢みたいな予定があまりにも眩しかった。

そんなの、まるでデートみたいじゃないかと、そう思ってしまった俺は自惚《うぬぼ》れているのだろうか。

「遊園地行くなら水族館も行かないといけないし、テーマパーク巡りもいいな。ぜったい楽しいよ……あれ、呉野くん？」

名前を呼ばれてハッとした。想像しただけで楽しいその時間が、ほんとうに来たらいいのにと思った。

「……それ、すでに期間限定巡りじゃないね」

苦笑が滲むと、彼女は「あ！」と今気づいたような顔を見せる。

「ほんとうだ……思いっ切り脱線してた。もう、言ってよ」

「吉瀬が楽しそうだったから聞いてようと思って」

違う。俺が楽しかったんだ。だからずっと聞いていたいと願ってしまっただけ。

「恥ずかしいなぁ、わたしだけ興奮してるんだもん」

吉瀬は照れた時、前髪に触れる癖《くせ》がある。指摘してしまうと、そんな可愛らしい姿は見られなくなるような気がして、自分の中だけに留める。

「もう呉野くんはずるいよ」

「え……あ、ごめん」

「カフェ行くならぜったい夕方以外にしようね！」

「……うん」

それは、俺との記憶を忘れたくないと思ってくれているからだろうか。

「まあ、俺は今までの話も全部覚えてるけど」

「ほらずるい！　いいなぁ」

心底羨ましそうな眼差しを向ける彼女は、本気でそう思ってくれているのだろう。

「じゃあさ、今までどんな話したか教えてくれる？　今聞いたら、忘れないから」

そう言った吉瀬に自然と笑みがこぼれる。

彼女が微笑んでくれると安心する。笑ってくれていると、俺はここにいてもいいんだと、許しを得たような気持ちになる。

過ごした時間を、何となくかいつまんで話していけば、彼女はふふっと肩を竦めたり、目を丸くして驚いたり、真剣にうなずいてくれたりと、様々な顔を見せてくれた。

——ああ、良かった、忘れてくれている。

彼女の反応を見るたびに、犯した過《あやま》ちが消されていくようで、ほっとする。

都合が良いなんて自分でも分かっていた。どこかで、夕方の時間を利用していたんじゃないかとさえ思えてくる。

誰にも打ち明けられなかった自分の弱さを、吉瀬の前で吐き出してしまったのは、どうせ忘れられてしまうのだから、とどこかでそう思っていた自分がいたからだ。

「そっか、やっぱり呉野くんといると楽しいな」

そう言った吉瀬は、何も知らない顔で笑ってくれていた。

＊

——笑っていることが、わたしにできることだと思った。

久しぶりの登校日。松浦先生の呼び出しがあると悲しそうに口にした呉野くんを見送り、一足先にあの教室で待っていると、次第に涙が滲み出て、ぽろぽろとこぼれていった。

だめだ、こんなところを見られたら、呉野くんに心配をかけてしまう。

通学鞄に入っていたルーズリーフを取り出し、びりびりと破り殴り書きをしていく。

早く、早く、そう思って慌てて教室を飛び出した。

人目につかない場所までくると、力が抜けていくように壁に背中を預け、ずるずると膝から崩れていった。


【呉野くんが、死んでしまうかもしれない】


震えた字が信じられなくて、何度も何度も日記を読み返した。

呉野くんと過ごすようになった夕方は、いつだって眩しくて、きらきらしていた。

なのに、この言葉が目に飛び込んできた瞬間、心臓が何かに取り憑《っ》かれてしまったかのように不快な音を鳴らし始めた。

信じられなかった。何が書いてあるのか、上手くのみ込めなかった。

呉野くんが……？　どうして……？

日記には、その日、呉野くんから亡くなってしまった男の子の話と、その子と同じ病気を患っていること、そして自分の命も、残り少ないことを告げられたと、筆圧の弱い字で書かれてあった。

ところどころに涙のあと。

【書いておくべきじゃないかもしれない。忘れるべきなのかもしれない。

呉野くんは、わたしが忘れてしまうと思ったから伝えてくれたのかもしれない。

でも、忘れちゃいけないと思う。

これは、ぜったいに覚えておかなきゃいけないことだと思う。

だから忘れないで。お願い】

昨日の自分の悲痛な願いが紙の上に託《たく》されていた。

――嘘じゃない。

呉野くんとの思い出を必死に残したわたしの執念《しゅうねん》に疑うなんて余地はどこにもなかった。

線の細い呉野くんの背中を思い浮かべる。

それがやけに現実味を帯びていて、頭から離れなくて、朝から涙が止まらなかった。

泣いてはだめだ。呉野くんの前では忘れたフリをしないと。

登校して、必死に笑って、呉野くんの前でも笑えていると思ったのに。

ふと一人になると、どうしようもない悲しみに襲われて、途端に涙が込み上げてしまう。

スカートの中に入れていたハンカチを取り出しては、頬に流れたそれらを拭い、はなをする。

泣かない、涙は一旦おしまい。

近くの手洗い場で顔を洗い、呼吸を整え教室に戻れば、呉野くんが窓の外を見つめていた。

――呉野くん、呉野くん、呉野くん。

その背中がゆらめいて、呉野くんが肩越しに振り返る。

――大丈夫、忘れたことにするから、大丈夫だよ。

――笑え、笑え、上手く笑え。

「あれ？　もう来てたんだ」

ちゃんと笑うから、だからどうか、呉野くんも笑って。

なかったことにするから。覚えてないことにするから。

だから、お願い。安心して。

＊

夏休み最終日。いつもの教室で吉瀬を待っていた。

窓から差し込む光が、あたりを暖かく照らしている。

「……遅いな」

不安に駆られ始めた心は、何度も壁掛けの時計へと視線を促す。

いつもならとっくに描いているような時間だが、それでも吉瀬が姿を見せることはない。

「どうしたんだろ……」

ひとり言が頼りなくこぼれていく。不安を体内で留めておくことができなくなっているらしい。

もう少し、と思い続けてきたものの、さすがに心配になり教室を飛び出した。

ここに来る約束を忘れられているのではないか。今日は何だか嫌な予感がした。

ただ忘れているのならいい。家にいるのなら安心できる。

――けれど、もしそうではなかったら。

トラブルに巻き込まれていないか。危険な目に遭っていないか。吉瀬に何かあったんじゃないのか。そう思うと焦燥感で心が埋め尽くされる。

俺は吉瀬の安心に一役買っているはずだ。吉瀬の大事な時間を預かっている。

校舎を散々駆け回り、教室や廊下、図書室などを順に見ていったが、吉瀬の姿を見つけることはできなかった。

家にいるのか確認しようとスマホを取り出した時、探し求めていた背中を見て心が大きく跳ねた。

「吉瀬……!」

渡り廊下で、吉瀬がうずくまるように座っているのを見て目を疑った。

俺の呼びかけに、震えていた小さな背中が反応し、慌てて駆け寄る。

「吉瀬、どうした?」

「……っ、呉野くん」

涙を含んだ大きな瞳。頬の上には雫《しずく》が何度も通ったあとがある。

焦りは最高潮《さいこうちょう》に達していた。どうして、なんで、何があった、そんな疑問が押し寄せるけれど、何も言葉として出てこない。

躊躇いがちに吉瀬の背中に手を置くと、彼女は大きな深呼吸をして、それから――

痛いほど無理をして、笑った。

「ごめんね、心配させて」

いつもの教室に二人で戻った頃には、夕日の光はずいぶんと減っていた。

「本当に平気? 家まで送るよ?」

「平気。お腹《なか》痛いだけだったから。もうお腹痛すぎて泣くとか恥ずかしいね」

あの時、彼女は無理をして笑ったあと「……お腹痛いだけなの」と言った。

ほんとうの理由を決して彼女は語りたがらなかったけれど、大事そうに抱えていた一冊のノートがずっと気になっていた。俺の視線に気づいた彼女はこう言った。

『今までのわたしが載ってるの』

直接的な言葉ではなかったけれど、日記のようなものなのだろうか。

それ以上触れてほしくなさそうで、俺は「そっか」とだけ返した。

「今日は遅れてごめんね」

「気にしなくていいよ。でも学校にいてくれて安心した。どこかで彷徨《さまよ》っているんじゃないかと思ったから」

「そうだよね。もう、しっかりしないといけないのに。よし、気合《きあい》入れるね！」

彼女は普段通りに戻っていた。渡り廊下で見たあの姿とは別人だったんじゃないかと思うほどに、いつも通り明るくて、人を安心させる。

「あの、また体調悪くなったら言ってくれればいいから」

「呉野くんは心配性だなぁ。大丈夫なんだよ。もう二度と遅刻はしないと誓うから」

「誓わなくてもいいんだけど……」

時間を守ろうとしてくれるし、人が大事にしているような部分を土足で踏み荒らすようなこともしない。だから誰にでも好かれるんだろうなと納得する。

それだけに意外だった。あの時泣いている吉瀬を見て、俺は何も言えなかった。

彼女に何かがあったはずなのに、ただ見つめていることしかできなくて、そばにいることしかできなくて、彼女が笑ってくれなければ、俺はあの時、どう彼女に寄り添えばいいか分からなかった。

人を知ると、自分にないものが浮き彫りになって嫌になってしまう。

とくにここ最近は、醜い感情に苛《さいな》まれることが増えた。彼女を知れば知るほど、自分にはなかったはずの感情が小さく芽生《めば》え始め、そしてそれは次第に膨らんでいく。

「でもうれしい、」

彼女はいつもの定位置へと座ると、頬をゆるゆると綻ばせた。

「うれしい？」

「うれしいよ。呉野くんがわざわざ迎えにきてくれるなんて」

「それは……心配だから」

「わたしの夕方を呉野くんが心配してくれるなんて特別だなぁ」

「……大袈裟」

俺と一緒に過ごす時間なんて、何もそんな特別なことではない。

彼女の時間を奪って、己の目的を達成させるためだけにお願いしたようなものだ。

「吉瀬は……優しいね」

だから、その温かさが息苦しくなる。やめてと、言ってしまいそうになることが、怖い。

「そんなことないよ。ただそう見せてるだけなの」

「それ、前に似たようなこと言ってたね」

少し前も、彼女は、他人のイメージに沿って生きているようなことを言っていた。

あの時滲んでいた寂しさを、今でもはっきり思い出す。

「あ……そうなんだ、わたし前にも話してたんだ」

彼女が苦笑を滲ませ、やってしまった、と思った。

あの時間を、彼女は忘れてしまっている。俺がそのことを覚えておかなきゃいけないのに、

「ごめんね、変なこと言っちゃってた」

困ったように笑うものだから、何も言えなくなる。気の利いた台詞なんて、思い浮かびもしない。

夕焼けが真っ赤に空を燃やしていく。その空を、彼女は窓越しから眺めていた。

「ここに来るとね、何だか心が自然と開いていくような気分になるんだ」

なんでかな？と笑う彼女は、やっぱりどこか寂しそう。

「だから喋りたくなる。閉じ込めていた言葉を呉野くんに吐き出しちゃうんだろうね。心が軽くなっていくような気がするの」

そんなことを思ってくれていたんだと、自然と顔の緊張が消えていった。

別に力んでいたわけではない。でもどこかで、彼女と過ごす時間の重みを深く捉えてしまったのだろう。

「……うれしいよ……俺からすると」

それは彼女が抱えている何かから、一時的にも解放されたように聞こえるから。

今だけは、緩やかに、そして優しく時間が流れていくような気がする。

俺自身にとっても、心がほぐされていくような言葉だ。

「わたし……記憶がなくなってから、友達までなくしたの」

ぽつり、ぽつり、こぼされていく彼女の心の内に「え……」と小さな驚きが漏れていった。

「……この病気はね、わたしの夕方の記憶だけじゃなくて、友達まで奪っていくんだなって思ったら、ものすごく嫌になった。一緒に遊んだって、わたしは覚えてなくて、夕方とか公園で仲良くなった子でも、次の日には忘れちゃうこともあった。『ひどい！　最低！』って言われたこともあって、でもわたしは忘れたいって思って忘れてるわけじゃないから、何も言えなかったの。わたしの病気を知ってる子はどんどん離れていった。友達のこと忘れる最低な子って、そう言われてショックだったんだ。それから周りの目ばかり気にして、人の顔色ばかり窺《うかが》って、とにかく嫌われないようにしよう。夕方は誰とも過ごさないようにしよう。上手くやっていけば、もう嫌われずに済むんだって。中学でもなんとか誤魔化して、高校でもなんとかやってきた」

いつも笑っている彼女は、そんな欠片を一つも見せたりはしない。

彼女の印象は、明るくて、華があって、けれどどこか危うくて。

「でも、病気のことを秘密にしてるのは罪悪感があったんだ。自分のだめなところを隠して友達になってもらってるみたいで、何だか卑怯《ひきょう》だなって思って。今も友達に言えなくて……そんな時、呉野くんのりんごの絵を見て惹かれたの。隠しててもいい部分を、呉野くんはそのまま描いてたから。自分の中にある暗い部分を――病気を、隠さなくてもいいよって言ってもらえた気がした」

吐露される感情は、きっと彼女の奥深くに眠る大事なもの。

ああ、そんな深いところに彼女はいたのか。俺がいた世界と変わらない。

病気は、友達までも奪っていく。俺も病気を抱えていなければ、友達が普通にできていたんじゃないかと思ったことがある。

彼女もそんな苦しみと、ずっと戦っていたのか。

「……俺、吉瀬のこと、サーチライトみたいだなって思ってたんだ」

「え……？」

憂《うれ》いを帯びていた双眸《そうぼう》が、少し驚いたように俺を見る。

「サーチライトは照明器具のことで、強い光を放って遠くまで照らしてくれるんだって。それ知った時、吉瀬みたいだなって思ったんだよ」

「どうして……？」

「俺にとって吉瀬は、強くて、どこまでも照らしてくれる光のような存在だったから」

希望、だったのかもしれない。

太陽の光を浴びることができない人生の中で、まるで同じぐらいの光を浴びさせてくれる吉瀬が、俺にとっては救いだった。

「吉瀬は卑怯なんかじゃない。俺にとって太陽みたいに温かくて、いつまでも心に残るような存在だよ」

「そんなこと……」

否定しようとする彼女を、俺は自分の言葉で遮る。

「吉瀬が俺の世界を照らしてくれたから、自分の人生が楽しいと思えることが増えた。これって吉瀬のおかげなんだ。吉瀬に出会わなければ、俺の人生はずっと暗いままだったから」

こんな身体で、こんな病気で、同情されたくはない。可哀想だとも思われたくない。ただ友達が欲しい。いつだってその願いは俺の中に小さく存在していた。見逃せないような厄介な大きさで、いつまでもそこにいる。

「……あ、ごめん」

吉瀬が喋らないから不安になった。沈黙が怖くなり、どうにか繋ごうと思ったけれど——。

「そっか……呉野くんにとって、わたしはサーチライトになれてたんだ」

彼女の黒い髪が、真っ白なシャツの上で揺れていた。

「わたしのような純粋じゃない優しさでさえ、呉野くんは肯定してくれるんだもん」

「……優しいよ、吉瀬は」

彼女にとって、自分の優しさが受け入れられなかったとしても、それでも傍《はた》から見れば、彼女が優しいことには変わらないわけで、でも、誰しもがそんな矛盾《むじゅん》を抱えながら生きている気がする。

「呉野くんの方がよっぽど優しいよ」

「俺は全然……吉瀬に比べたら」

「こんな愚痴《ぐち》でさえ真剣に聞いてくれるでしょ？　適当に流してもいいのに、呉野くんは全部受け止めようとするよね」

「……そんないい奴じゃないけど」

「自分が見てる部分と、人に見られている部分は違うんだろうね」

彼女の言う通り、きっと同じにはならない。人は、表面上に出ているものでしか分からない。その中身がどうであろうと、心が読めない限り、分かるわけがないんだ。

俺だって、吉瀬が言うように優しい人間ではないけど、でも、そう見えてくれているのなら、少しはマシな奴なんだって思える。

——自分が、綺麗な人間のように錯覚《さっかく》してしまう。

「サーチライトか……そんな風に言ってもらったの初めてだよ」

うれしそうに、目を細めた彼女は、赤く燃える空へと視線を流す。

「きっと、呉野くんが優しいから、わたしも優しくなれるんだろうな」

そう言った彼女は、とても綺麗な顔で笑っていた。

紫外線は本格的な夏を過ぎると、次第に弱っていく。

目に見て分かるものではないが、今まで何度太陽と戦ってきたか分からない俺の目は、光量も何となく推察できるようになった。もちろん、望んで得た力ではないけれど。

夏休みは今年で九回目を迎える。来年の夏は何をしているのだろうか。俺は、まだ生きているだろうか。

通常授業へと戻った夏休み明け第二週。

「さっ、今月で完成させちゃいましょうね」

相変わらず人の好《よ》さそうな笑みをにっこりと浮かべたのは、美術教師のたえちゃんだ。

なのに無理やりペアを組ませた人間の顔を描けという横暴さを発揮させるのだから、人を見た目で判断してはいけないといい教訓《きょうくん》になった。

夏休みの間もずっと吉瀬を描いてきて、正直今も描きたくて仕方がないのだが、あいにく今日は俺がモデルの番だった。

放課後を一緒に過ごしているにもかかわらず、妙に落ち着かない。

「呉野くん、何だか今日はソワソワしてるね」

「あ……ごめん。モデルになるって難しいんだなって思って」

吉瀬にじっと見つめられていると、気恥ずかしくなってしまって、どこに視点を定めたらいいか分からなくなる。

「わたしの苦労が分かった？」

「……すごく」

「よろしい」

満足そうに微笑んだ彼女。その一方で、吉瀬は難しい顔をしている。

「進まない？」

俺の問いかけに、弾くように顔を上げたその顔は、へらりと苦笑する。

「うん……上手く描けなくて」

「上手く描かなくていいのに」

「上手く描きたいんだよ」

　俺なんかを上手く描こうとしなくてもいいのにと思うけれど、俺だって吉瀬を上手く描きたいと思うのだから、お互い様なのだろう。

吉瀬はあれからも変わらず俺に普通に接してくれる。

特別変わった様子もなく、記憶も思い出したような素振りも見せない。

「呉野くんはあんなスラスラ絵が描けるのになぁ。描く才能があるんだろうね」

「俺に絵の才能なんかないよ」

「あ、またそうやって謙遜《けんそん》して。たまには受け取ってくれてもいいのに」

気さくで、それでいて優しく、俺に言葉を投げかけてくれる。

昔は喋るだけで菌がどうのと言われていたなと思うと、この光景はとても信じられない。

吉瀬とこうして授業のペアになり、彼女にとって大切な夕方という時間をもらうこの関係は、一体なんと呼ぶのだろうか。

〝友達〟はさすがに馴《な》れ馴《な》れしいのだろうか。かと言って〝クラスメイト〟ではずいぶんとよそよそしい気もする。

しっかりと当てはまるようなものがなくて、あれこれと言葉を脳内でいじっていると、

「ちゃんと完成させるから。呉野くんの絵」

真っ直ぐで、綺麗な粒子を放つような笑顔に、思わず見惚れてしまった。

どうにも抗うことのできない感情が、俺の中にはもう存在してしまっている。

彼女の言葉の一つ一つに翻弄《ほんろう》され、見事に抜け出せなくなっていた。

「俺も……描くよ。吉瀬の絵」

その正体が何なのかなんて、改めて突きつける必要なんてない。

きっとこれが、心を奪われてしまうということなんだ。吉瀬が持つその心に、俺はもう目が離せなくなってしまっている。

——ああ、惹かれていくというのはこういうことなのか。

恋をすることに、いろいろな理由が必要だと思っていた。明確なものがきちんとした形で表れてくれるものだと思っていた。

けれど、そうではない。

ただ、好きだという想いだけで、この感情は成り立ってしまうものなのか。

自分の気持ちに気づかないフリをすることができなくなってしまうぐらい、吉瀬はかけがえのない存在になっていた。

そんなことに気づいてしまうなんて。気づいてしまったら、もう戻ることなんてできない。なかったことにはできない。

頬が緩んでいく。彼女と心を通わせているようで、それが無性にうれしくて仕方がない。今まで生きてきて、幸せだと思うことなどなかった。なかったはずなのに――。

「ん?」

その色素の薄い瞳と視線が絡むと、胸が弾む。

こんな感情を、俺は抱いてしまって良かったのだろうか。残り少ない人生なのに、特別なものを覚えてしまって良かったのだろうか。

俺なんかが、こんなにも幸福になってしまって、良かったのだろうか。

ふいに、拓哉の顔が浮かぶ。

引いていく幸福は、静かに残像を残して、消えていこうとしていた。

思い出したような顔で吉瀬が口を開く。

「そうそう、夏休みに高岡くんと会ったんだよ」

「え……」

反応せずにはいられないその名前に、弱々しい声が滑っていった。

「高岡に……?」

「うん。なんかバイト帰りかなんかだったみたいで、会うのもなんか珍しいからちょっと話してたんだけど」

　ちらりと浮かぶ、黒なのに日の光に当たると赤く燃えるような髪。色落ちが激しく、また頭髪《とうはつ》検査で引っかかるような色にもかかわらず、当の本人は『上等だぜ』と何故か気合を入れていた姿を思い出す。

「……なんの話してたの？」

　どこまで踏み込んでいいのか。けれど、聞かずにはいられないのは、モヤっとした気持ちが黒く広がっていったから。

「んー、バイト三昧《ざんまい》で一日も休みなかったとか、そんな話を聞いたぐらいかな」

「そっか……」

　そんな俺の面倒な感情など、きっと彼女は気づいてはいない。

　俺は、もう少しマシな人間だと思っていた。こんな感情とは無縁だと、そう思っていたようで、ずいぶんと浅はかだった。

　チャイムが校舎に鳴り響くその時まで、どん底にいるような気分だった。

　価値のない人間なのだから、せめて心が綺麗であれば、存在してもいい理由になると思っていたはずだ。

　こんな自分を切り離せたらいいのに。こんなどす黒い感情なんて捨てられたらいいのに。

じわじわと押し寄せるその波にのまれていくようで、そのギリギリに立っていた俺は、安全地帯にいたのだろうか。それとももう、すっかりその水に浸《つ》かってしまっていたのだろうか。

戻れないと、静かなサイレンが聞こえたような気がする。

吉瀬の話は、相槌《あいづち》を打つのが精一杯で、その内容をまともに返せるだけの余裕などなかった。


「高岡くんはやっぱああいうキャラだからいいんだよね」

美術室から教室に戻ると、クラスメイトの女子たちが高岡のことについて話をしていた。どうやらまたあいつの名前を聞かなければいけないらしい。

「ああいうキャラって？」

「ほら、なんていうか、空気読めないようで実はめちゃくちゃ読んでるってところ」

「ああ、分かるかも。意外と周り見てるよね」

いっそのことイヤホンでもしてこの世界ごと遮断したい勢いだというのに。

「でもそれって、なんか家庭環境が複雑だからみたいだよ」

その遮断したい欲が一気に消失していったのは、勢いよく弾丸《だんがん》が鼓膜を貫いていったから。

高岡のイメージとはかけ離れたそのワードは奇妙に歪《ゆが》んでいるように思った。あまりにも不釣り合いで、水の中に落とされた油のように高岡のイメージと合致しない。

高岡の話を疎《うと》ましく思っていたはずなのに、いつの間にか誰よりもその話に耳を傾けていた。その続きを待ち望んでいたが「あ、そうなの？　まあ分かるかも」などと切り上げられ、俺の中でしこりとして残ってしまったわけで。

いや……家庭環境複雑だからで片付く話だったのか。

しっかりとしたモヤモヤが黒い霧《きり》となって、いつまでも頭の中を漂い続けた。


休みの日、吉瀬と待ち合わせをしていた。

吉瀬の要望通り、夕方以外の時間ということで、お昼前の十一時半に学校の最寄り駅で待ち合わせをした。十分早く着くように家を出たはずだったが、すでに待ち合わせ場所には吉瀬がきょろきょろとあたりを見渡しながら待っている。

ラベンダー色のノースリーブニットに、白のプリーツスカートをふわりと風に漂わせた彼女の服装は、涼やかでとても似合っている。

可愛いと、つい見惚れていた俺に吉瀬が気づいたようで、ハッと目を丸くするように俺を見つめ、それからどこか別の場所に焦点を合わせた。

「おはよう、待たせてごめん」

「ううん！　まだ待ち合わせの時間じゃないよ。わたしが少しだけ早かっただけで呉野くんも早いから。さ、行こう」

挨拶はそこそこに、あまり視線を合わせようとしない彼女は目的地とは反対方向へと歩きだす。

「あ、吉瀬、ファミレスは向こうの道で……」

そう言うと、ぎくっとしたように彼女が振り返る。その顔は、どこか恥ずかしそうに見えて、

「へへ……だめだね。呉野くんの私服初めて見たから緊張して、誤魔化しちゃった」

そう発言するものだから心底驚いた。

「え……あ、あの、吉瀬、その……可愛い、よ。私服」

「でしょう？　この服お気に入りなの」

うれしそうにスカートとひらりと揺らす彼女に、『その服を着ている吉瀬が可愛いんだけどな』と本音が言えないことに情けなさを感じた。

「……あの、俺、日傘さしてるけど平気？」

おずおずと訊ねれば、彼女の顔はきょとんとし、それから思い出したかのように弾ける。

「そうだそうだ！　わたしも日傘持ってきたんだった！　平気に決まってるよ。ほら、こうして並んで歩いたらお揃いでしょう？」

鞄から出された日傘をパッと開いて空にかざす。くるくるっと傘を回すその姿を目に焼きつけた。

お揃いだと、そう笑いかけてくれる彼女にどれだけ救われただろうか。

「わあ！　すごいよ呉野くん！　デラックスだ！」

お子様ランチを前にして、吉瀬は何度も写真を撮ってはしゃいでいた。

「旗《はた》が三つも！　っていうか三つもいる!?」

「ディスってるの？　喜んでるの？」

「大喜びしてるよ！」

無事に辿り着いた店の中で、吉瀬は終始喜んでいた。

「お子様ランチって夢がいっぱい詰まってるよね」

「そうなの？」

「だってほら、ハンバーグもあってオムライスもあってポテトもあって、エビフライもあるんだよ！　しかも唐揚げにウィンナーも！」

「デラックスだからね。さすがにおかずありすぎだと思うけど」

「そんなことないよ！　デラックスだから！」

二人してデラックスをやたらと強調し、それから笑い合う。

「呉野くんはナポリタンだけでいいの？」

「むしろナポリタンだけでお腹いっぱいになるよ」

「なんと！　小食だ！」

わざとらしいリアクションに「普通だよ」と答えれば、何を思ったのか、ひょいひょいっと数本ポテトがお皿にのせられた。

「わたしのポテトあげる。いっぱい食べないと倒れちゃうよ」

「……ありがとう」

食欲がないと、彼女を目の前にしては言えなかったけれど、それでもいつもより食べられたのはきっと、彼女が俺の前で無邪気に笑ってくれていたからだろう。

店を出てからふらりと散歩をすると、とある喫茶店《きっさてん》の看板を見つけた吉瀬は「見て見て！」と興奮していた。

彼女の視線の先には〝期間限定！　桃パフェ祭り〟と書かれた大きなのぼり。

ほんとうに期間限定に弱いのだなと苦笑が滲む。

結局その店に入り、彼女はパフェを食べると「今年で一番美味しい！」と絶賛していた。

「今日は楽しかったなぁ」

喫茶店を出ると、太陽は赤く染まっていた。

「お子様ランチにもデザートついてたけどね」

「え！　あんな小さくて丸いゼリー三個だよ!?　デザートに入らないよ。デラックスって言うなら、五個ぐらいにしてもらわないと」

「多すぎだよ」

たしかに甘いものは別腹《べつばら》だと聞いたことはあるが、実際同じ胃《い》に入るのだから別も何もないだろうとは思う。けれど、吉瀬は桃パフェをぺろりと完食していた。

二人で日傘をさし、ぶらぶらと道を歩いていると、小さな公園を見つける。

「あ！　ちょっと寄らない？」

そう言いながら、公園に入っていく彼女の後ろ姿。どうやら俺の意見は関係ないらしい。

少し強引なところを見せてもらえると、心を開いてくれているのだろうかと思ってしまう。ラベンダーカラーの上で黒髪はさらさらと揺れていた。

「日陰だと涼しいね」

大きな屋根があるベンチへと入りながら日傘をしまった。

「うん、涼しい」

女の子とデートしている自分が何だか不思議だった。彼女はこれをデートなどとは思っていないかもしれないけれど、それでも心は浮足立《うきあし》って仕方がない。

「わたし、こうして公園来るのも久しぶりだなぁ」

「そうなの？」

「うん、十年ぶりぐらいかな」

「十年？　小学生以来ってこと？」

驚いて返すと、彼女はなんてことない顔で微笑む。

「そう、小学生以来。夕方の記憶がなくなる前はよく遊んでたんだけどね。少しだけ覚えてたりはするんだけど、なくなるようになってからは、あまり外に出してもらえなかったから」

意外な告白に黙って聞くことしかできなかった。

「親はやっぱり心配しちゃうよね。夕方になにかあっても覚えていられないから。しょうがないとは思うけど、でも公園で遊びたかったなぁ」

彼女の口調は明るい。重たい話も、そうさせないように、あっけらかんと語ってしまう。

「親を悲しませたくなかったし、我慢すればいいかって思ってたのを思い出しちゃった」

へへ、と笑うその顔は、どうしてか拓哉の顔を重なった。

「……やっぱり似てる」

「え？」

聞き返されて、初めてそれが声に出してしまったことなのだと気づいた。

「あ、ごめん……ちょっと知り合いの子に似てるなって思ったから」

「呉野くんの知り合いの子に？」

「うん……男の子なんだけど、吉瀬と話すたびに、その子と似てるって何度か思うことがあって」

拓哉も、家族を悲しませないように元気に明るく振る舞っていた。

二人に共通してるのはきっと〝優しさ〟だ。

「その男の子もよく笑ってたから。苦しいはずなのに、それを周りに見せないようにしてる。吉瀬も、辛い話をしてるはずなのに、心配させないように明るくしてるから、似てるなって思って」

二人の笑顔は眩しく感じてしまう。

背負っているものが人より大きいはずなのに、どうして笑えるのだろうと思うけれど、きっと、強さの証拠かもしれない。

「……そっか、似てるんだ」

呟くように聞こえた声に顔を上げれば、彼女は視線を足元に向けていた。

「やっぱり呉野くんは、人が見ようとしないところを見てくれるし、気づいてくれてるんだろうね」

「どうだろう、意識したことはないけど……」

「意識してなくてもわたしには分かるよ。だから、呉野くんが作り出す世界に惹かれる。光だけじゃなく、闇も描いてしまうけれど、その闇はいつだって光に包まれているような気がするの」

「光……」

「呉野くんの絵はわたしにとって特別なの。自分の暗い部分だって、そのままでいいんだよって言ってもらってる気がして安心する」

明るさの中に切なさが混じったような、そんな複雑な横顔だった。その切なさが色濃く増したのは、彼女が視線を上げた時。

「夕方、なんだよね……今は」

触れないでいたこの時間のことを、彼女は悲しそうに口にした。

「どこまで覚えていられてるかな。桃パフェ食べてるところまでは覚えていそうだけど、この公園のことはどうだろう」

時間は十六時を回っている。

公園に入るまでの記憶は薄っすらと残っているかもしれない。それでも、今のこの時間は、確実に明日の彼女からは消えてしまう。

「覚えていたいなぁ」

忘れたいと願っているわけではないのに。

それでも、病気から逃れられないことを、俺は誰よりも理解しているはずだった。その運命からは、どれだけ抗おうとしたって戦うことはできない。

「……俺が覚えてるから、大丈夫だよ」

そうじゃない。彼女自身が覚えていたいと、そう願ってくれているはずなのに。俺だけが覚えていたって、それは彼女の解決策にはならないのに。

彼女は困ったような顔で「ごめんね」と謝った。

きっと今までにも、こんなことがごまんとあって、そのたびに彼女は謝ってきたのだろうか。故意に忘れてしまったわけじゃない記憶の罪を謝り続けてきたのだろうか。

それはやっぱり、とても辛いことなんだろう。

覚えておきたいと思う記憶だってあったはずなのに、翌日には忘れてしまう。

「呉野くんが覚えてくれてるなら安心だね」

無理して笑う彼女を、抱きしめたくなった。手をぐっと握りしめて、同じように笑い返すことしかできない。

俺だって、覚えていてほしい。

彼女と過ごした夕方がリセットされていくたびに、あれは自分が作り出した世界だったのではないかと思ってしまうから。

誰も知らない俺たちの夕方。

けれど、彼女は忘れてしまう。俺だけが、生きている限りずっと覚えている。

虚《むな》しさだけが残っていくようで、それを振り払うように、夕方の彼女を残していくことだけを繰り返す。

忘れられても、誰も知らなくても、俺の中にだけ存在してくれればそれでいい。

「呉野くん、写真撮ろうよ」

「え……」

唐突に出てきたワードに、躊躇いが露骨に飛び出ていく。顔が引きつったのを見逃さなかったようで「あれ……だめだった？」と瞳を不安げに揺らしながら顔を覗き込まれる。

「あ……ごめん、写真は苦手で」

「そうなの？　どうして？」

「自分が残るものは、……ずっと避けてきたんだ。鏡も得意じゃなくて……自分が映ってるものはどうも好きになれないから。俺は病気なんだって証明されるような気がして」

だからごめん、と続いたはずの俺の謝罪は「じゃあ克服《こくふく》しよう」というとんでもない提案で突っぱねられた。

「誤解しないでほしいのは、決して無理強《じ》いはしないってこと。きっかけになってくれればいいなっていう淡い期待だけなの」

「……どういうこと？」

「呉野くんの殻《から》を破りたいなって思っちゃった。映るのが苦手とか、避けてるとか、そういう言葉を使う呉野くんは、〝嫌い〟って言葉は使わなかったよね。それって、つまりそういうことなんじゃないかな」

「そういうこと……？」

「嫌いじゃないってことだよ。そのままの意味。それに、写真の認識を変えてしまえばいいんだよ。病気を映し出すものじゃなくて、今その瞬間の、大切なものを残しておくためのものだと思えば、少しは苦手意識もなくなると思うの」

ゆるり、ゆるり、絡まっていた糸がほどけていく。

「絵もその一瞬を切り取れるかもしれないけど、わたしは絵が苦手だから。それに、わたしがどんな顔で夕方を過ごしているのか、夕方の呉野くんはどんな顔をしているのか、明日からのわたしに残しておきたい。だから呉野くんと一緒に写真が撮りたい」

彼女のプレゼンは橙色の世界で輝きながら俺に光を差し込んだ。

今の俺を、彼女は残したいと思ってくれている。それは、俺が夕方の吉瀬を残したいと思う気持ちと同じようなものなのだろうか。

「……すごいね、吉瀬は」

「え？」

「今までほとんど写真撮ったことない俺を、たった一瞬で変えたから」

「それって……」

期待に満ちたその顔に、自然と笑みがこぼれた。

「撮ろう、写真。今の俺と、吉瀬を残すために。明日からの吉瀬のために」

そして、俺自身が抱えていた闇からの解放のために。

「ほんとうに？　撮っていいの？　無理してない？」

「してないよ。この夕方を写真で残すのもいいかもしれない」

病気を突きつけられるものじゃない。写真におさめるのは、吉瀬と過ごしていたという幸せな時間だけ。

「呉野くんもうちょっとこっち寄って」

まるで夕日に掲げるようにして、吉瀬のスマホが空へと向けられた。画面の中には、吉瀬と並んで座る俺の姿が映し出されている。

「はい撮りまーす……あ、押しちゃった」

「……顔はまぁ、ギリギリ合格ラインだろうね」

「どこが!?　呉野くんきりっとしてないし、私なんて笑顔も作られようとしている手前の顔だよ」

「ぼやあって感じでいいんじゃないかな」

「良くないよ！」

彼女はどうも不服なようで、もう一枚、もう一枚を、五回続けた。

「さすがにもういいと思うけど」

「だって呉野くんと写真撮れるって貴重だから。残せる時に残しておかないと」

「でも、全部同じ写真に見える」

「ぜんっぜん違う！　こっちはわたしが笑ってるけど、呉野くん真顔だし、こっちはわたしが半目だし、次の写真に至っては二人して半目だからね」

「吉瀬って瞬き多いんだね」

「そんな発見しないでよ……」

自分で撮るタイミングなのに、どうして半目になってしまうのだろうか。そんな彼女が愛《いと》しくてたまらない。

「結局一番最初の写真がいいかも」

彼女はそれを俺のスマホに送った。「待ち受けにしてもいいよ」と冗談交じりに言った彼女に「分かった」とうなずいて、すぐに設定すると彼女はぎょっとしたような顔を見せる。

「ほんとうにしたの!?」

「したよ。吉瀬が言うから」

「言ったけども……」

彼女はぶつぶつと呟きながらも笑い、それから「じゃあお揃いにしよう」と彼女も同じ待ち受けを自分のスマホに設定していた。

「一緒だね」

「……うん、一緒だ」

彼女も、俺と同じ気持ちならいいのに。そんな期待をしてしまう。

あまりにも幸せな時間だった。幸せすぎて、自惚れていた。

日が沈み、深い青に染まった空の下を、吉瀬と並んで歩いていた。

「ごめんね、送ってもらっちゃって」

「いいよ、もう暗いから心配だし」

「でも呉野くんと帰るってなんか新鮮」

彼女は暗闇の中で、ふわりと飛んでいってしまいそうな透明感を放っていた。

その横顔を見ては、どこか安堵している自分がいる。

今までずっと、自分には価値がないと思っていた。息することでさえ許されていないような窮屈《きゅうくつ》さを感じていて、何に対してなのか分からない罪悪感を抱き続けていたというのに。

隣には吉瀬がいる。その吉瀬を自宅まで送り届ける大切な使命を預かってしまった。

それをどこか免罪符《めんざいふ》のように感じ取っていたのも事実だ。

俺にだって彼女を送り届けることができる。役に立つことができる。

それは何だか、〝普通〟を許されているような気がしていた。

どれだけ手を伸ばしても届くことのなかったそれに、今ようやく近づけていると、そう思っていたことが、罪だったのだろうか。

「あれ……呉野と吉瀬だ」

聞き覚えのある声だった。

薄暗い道の中から、人影が二つ、ぼんやり見えていたと思ったら、それは次第にくっきりとした線へと変わる。

「あ、高岡くん」

反応したのは吉瀬だった。

どこか弾むような声を聞くと、また胸の中でぎりぎりと不快な音が鳴るような気がする。

けれど、それよりもまず、不快な原因が別にあることを、俺は受け止めなければいけなかった。

高岡の隣には、髪の色を抜き切った男の姿。その不躾《ぶしつけ》な目には、見覚えがあった。

「うわ、呉野じゃん！　まじかよ」

その男が、俺をずいっと見ては、納得したかのようにわざとらしく後退《あとずさ》った。

高岡が「何、知り合い？」と俺とそいつを見比べている。

「いや、だってこいつと俺、小中一緒だったから」

豪語《ごうご》するように、それでいて向こうもまた、俺を毛嫌いするように、顔を歪め言葉の矢を放っていく。

視界の片隅に映る吉瀬は、戸惑いを浮かべながらも笑顔を維持しているように見えた。

「えっと、あ、俺らは同じバイト先なんだよ。ちょうど今からバイト行くのに鉢合《はちあ》わせてさ――」

「つうか、お前相変わらずだな」

高岡の言葉を遮るように、鋭利《えいり》な刃物が振り落とされた。

男が――柳瀬《やなせ》が喋るたびに、俺の心臓は、ぎゅうぎゅうと鷲掴《わしづか》みされているような気分になる。きっとそれを見透かされたのだろう。

情けないことに、音は何一つとして喉の奥から出てくることはない。

「なあ、高岡、こいつ菌持ってるから気をつけた方がいいぞ」

『呉野に触ると変なのがうつるぞ』

そう言い出したのは、この男が発端《ほったん》だった。あの一言で、俺は一気に病原菌扱いされ、人との関わりを遮断することになった。

「は……？」

高岡が動揺に似た音を漏らす。それでも柳瀬の口は止まらない。

「ほら、こいつ変な病気持ってるから。それがうつるって昔から評判なんだよ。普通じゃないんだよ。あ、だって実際、こいつと喋ったのが原因で風邪をこじらせて入院した奴とかいたりして」

じゅくじゅくと、かさぶたにならない傷が抉られていく。

記憶が蘇ってくる。

嫌なものが、芋《いも》づる式で、余計なものまで引っ張ってきて、俺の全てを支配していった。

『あいつと目を合わせない方がいい』

『喋ると同じ病気になる』

呪《のろ》いのような言葉が頭の中をどんどんと占めていく。

自分が、本当に菌になったような気がして、生きている意味を見出せなくなっていって。

「あ、そっちの人も呉野なんかと帰らない方がいいと思うけど。こいつと同じ通学路だった奴が、事故りそうになってさ――」

「おい、やめろよ」

高岡が柳瀬の肩を掴んで制止させようとする。

「なんだよ、この男を庇うことないって。全部事実なんだし。な、呉野」

憎悪と古傷がごちゃ混ぜになり、手に力が入る。

幸せになりたいと願っていたわけではない。

そんな大きなものを望んだりはしない。

でも、できることなら普通になりたかった。

普通の人間になってみたかった。

そう望んだことは、幸せと同じぐらい、大きなものだったんだろうか。

「そうだ。しかもさ、席替えした時とか、こいつの席の場所になった奴が急に転校決まったり──」

「……そうやって、人のせいにできたら楽だったもんな」

「は？」

柳瀬のぎょろっとした目が俺を睨む。その目つきが、昔から苦手だった。

けれど、今はもう昔の俺じゃない。

吉瀬という光に照らされた今のこの世界には、暗さだけではない温かい場所があると知った。

「都合の悪いことが起これば、俺の病気のせいにすれば良かった。俺が皆と違うから、何を言っても許されると思っていたんだろ。だからこうして会っても、柳瀬は何も変わってない。あの頃のまま、人を平気で痛めつける言葉しか言えない。成長してないんだな」

この病気のせいで散々苦しんできた。理不尽だと思うことも、自分が普通ではないから仕方ないのだと割り切らなければいけないと思ってきた。

けれど、今は違う。

隣にいる吉瀬はすごく不安そうに、けれどもずっと下唇を噛みながらも、俺のそばを離れようとはしなかった。

ここで俺が戦わないと、吉瀬を守れない。

「おい、……お前、調子のってんのか。昔のお前はそんな口ごたえなんて」

「過去に囚《とら》われすぎてる自分が、どれだけ醜いか自覚した方がいい」

囚われる必要なんてなかったんだ。

受けた傷は決して消えない。

傷つく前に戻ることだってできない。

けれど、過去のままでいるのか、変わるのかは、自分次第なのかもしれない。

「……お前は、普通じゃないんだから」

柳瀬が悔し紛れに呟いた。分かってる、そう言い返そうとして——。

「呉野くんは普通だよ！」

吉瀬が声を張り上げてそう叫んだ。その瞳には、薄っすらと涙さえ滲んでいる。

「呉野くんは優しくて、誰よりも病気と向き合ってる。何も知らないあなたが、呉野くんを傷つけていいはずがない」

強い眼差しが柳瀬を射貫いていた。

柳瀬はいよいよ狼狽《うろた》えたような顔を見せ「やってらんねぇ」とその場を後にした。

その後ろ姿を見て、初めてこの病気に打ち勝てたと思った。

「はあ、今のは感動したわ」

黙って見ていた高岡が、感心するように俺の肩をぽんぽんと叩いた。

「呉野って言う時は言うんだな。あんだけガツンと柳瀬に言ってるの見たら、さすがに惚れる」

「……やめろ」

お前に惚れられてもうれしくない。そんなことよりも吉瀬に――。

「呉野くんは誰よりも普通だからね」

ありがとうと、そう言おうとした俺の言葉は吉瀬に思いっ切り遮られてしまった。

「……うん、そう言ってくれて、うれしかった」

あの時、吉瀬が口にしてくれなければ、俺は人と違うことを認めることしかできなかった。

でも、吉瀬が俺のことを認めてくれたことで、もうどうでもいいと思えた。

例え病気があったとしても、吉瀬が普通だと言ってくれるのなら、俺は普通の人でいられる気がする。

「最初はね、あの人が言うこと、わたしに言われてるみたいだなって思って何も言えなかったの。腹が立つけど、何も言えなくて……わたしも、人とは違うから」

柳瀬の言葉に傷ついていたのは俺だけではなかった。

吉瀬もまた、痛みを感じていた。

「でも呉野くんが、あの人と向き合ってるの見たら何だか勇気もらっちゃって。ああ、わたしも逃げてばかりじゃだめだなって思った。伝るべきことを伝えようと思ったの。それって呉野くんのおかげなんだよ」

真っ直ぐな瞳で、力強く言われたことに安堵した。

その笑顔を俺は忘れたくない。

「ちょいと、そこのいい雰囲気のお二人さん」

高岡が申し訳なさそうに、にょきっと俺の背中に手を置く。

「俺がいること忘れてない？」

「いたのか」

「いたのかじゃねぇよ！　最初からいるだろうが！」

ぶうぶうと文句を垂れる高岡は「柳瀬、俺の母親みてえだわ」と苦笑する。

「……なんでお前の母親が出てくるんだよ」

「俺の母親も平気で人を傷つけるからさ。親父と結婚したあとにいろいろ問題発覚したんだよ。不倫、ギャンブル、借金、しょっちゅう。んなもん、あとから言われたって遅えよって話だろ」

どこかで聞き覚えのある話だなと思っていれば〝ああ、こいつと初めて話した時に言われたっけ〟と漠然と思い出した。

太陽と相性が悪いことを、何故か結婚に例えていたが、まさか自分の親の話をしていたとは。

「でもさ、過去に囚われてる自分は醜いよな。呉野の言葉でちょっと反省した。母親ばっか恨んでもしょうがねぇし。そうやって呉野も強く生きてきたんだろうなって思ったら感銘《かんめい》受けたわけよ」

太陽ばかり恨んでいても仕方がない。そう思えたのは吉瀬と出会ってからだ。

「やっぱ俺のマブダチはかっこいいわ」

からっと。雲一つないようなすっきりとした笑みに「お前がよく分からない」とこっちまでつられて笑えてくる。

「ほんとう、二人って仲がいいよね」

「でしょ？」「どこが」

相対する返しに、また吉瀬が笑うものだから、むっと高岡を睨む。

「認めるなよ」

「認めろよ！　俺ら友達だろ？」

「クラスメイト」

「だから認めろって言ってんだろうがあああ！」

両手で首を絞《し》められ、ぐわんぐわん揺らされる。無茶苦茶だ。この男。それなのに、その無茶苦茶に救われている自分がいる。

「はなせ……くる、しい、しぬ」

そんな俺らを見て、吉瀬は笑っていた。目を細めて、楽しそうに笑ってくれていた。

第七章　残された時間

せた。

「わたし、夕方の記憶がなくなるの」

翌日の昼休み、廊下に慧子を連れ出し打ち明けると、ひどく困惑したような顔を見せた。

「え……夕方って……どういう意味？」

記憶障害のことを話し、それから過去に病気のせいで友達を失ったこともあって打ち明けることができなかったと伝えると、

「もう、わたしが弥宵から離れるわけないのに」

気を遣わせてごめんね、そう彼女は泣きそうな顔で笑い、わたしのことを受け止めてくれた。

「でもどうして今話してくれたの？」

入学してからずっと、彼女とほとんどの時間を共有してきた。運よくクラスが離れなかったわたしたちからすれば、このタイミングというのは疑問として残るだろう。

「……実は、呉野くんにきっかけをもらって」

「きっかけ？」

あの時、呉野くんが立ち向かっていた人は、きっと過去に呉野くんを傷つけた人だ。

呉野くんは逃げずにあの人と向き合った。その姿を見て、自分も逃げてばかりではだめだと思った。

「……そう、きっかけ。いろいろあったの」

全てを話してしまうのは何だか気が引けて誤魔化すと、「ふぅん」と慧子が意味ありげな笑みを浮かべた。

「な、何……？」

「いいや？　ただ、変わったなと思って」

「わたしが？」

「弥宵もだし、呉野くんも」

慧子の言葉に首を傾げると、教室の隅で高岡くんに絡まれている呉野くんへと視線を流した。

「呉野くん、最近雰囲気が柔らかくなった気がする。前までは、近寄りがたいオーラを出してたけど、話しかけやすそうにはなったよね。ほら、あそこも」

そう言って、廊下から教室を覗く女子生徒の背中を見る。

「あの子たち、呉野くんに声をかけようかどうしようか迷って、もう三日目だよ」

「そうなの!?」

知らなかった。たしかに呉野くんと話がしたいと思っている子は少なくなかった。

「他の子もそうだよ。なんなら下級生にもじわじわと認知度を高めているらしいからね」

「年下にも⁉」

「そうだよ。ただでさえ夏場に長袖なんて目立つんだから。うかうかしてると、呉野くん取られちゃうよ」

「……取られちゃうって」

「呉野くんのこと、特別なんでしょ？」

「……特別」

人から指摘されて、改めて自分の中で呉野くんの存在が大きくなっていることを実感する。

恋愛などできないと思っていた。わたしは普通ではないから。

けれど、どう足掻《あが》いても呉野くんに惹かれてしまう自分がいることはもう見逃せない。

「…………」

「弥宵？」

慧子に覗き込まれハッとする。

「……うん」

彼女は知らない。——呉野くんが長く生きられないことを。

あんなにも普通に見えるのに、他の人と何も変わらないように見えるのに、呉野くんに残された時間はあまりにも短い。

嘘だったんじゃないかとさえ思ってしまいたくなるのに。

「特別だよ……呉野くんは」

いなくなってしまわないで——そう言いかけてしまいそうになる。

夏休み最終日、呉野くんがわたしを迎えにきてくれたらしい。

その時の日記にはこう書いてあった。


【時間があるからと中庭で日記を読んで、それからものすごく後悔した。

呉野くんが死んでしまうかもしれないと、何度も受け止めたはずなのに、その事実が苦しくてたまらない。

その時の呉野くんを覚えていなければいけないのに。

あまりにも楽しそうに過ごす夕方の自分を、わたしは覚えていない。

忘れたくない。覚えていたい。どうして忘れてしまうの。

いやだ、いやだ、いやだ。

空き教室に行く時間になって、なんとか立ち上がって進んだけど、急に足が動かなくなってしまった。

崩れるようにその場で泣いていると、呉野くんが迎えにきてくれた。

お腹が痛い、なんて言って誤魔化すことしかできない自分が情けなかった】

消えてしまった記憶を想像する。

呉野くんはどんな顔でわたしを探したのだろう。

心配させてしまっていただろうか。泣いていたわたしを、どう受け取っていたのだろうか。そんなことも、本人には聞けない。

ふいに呉野くんと視線が合う。

それから、べったり張り付いていた高岡くんを無理やり剝がすと、呉野くんは駆けつけてくれた。

「どうかした？」

「え……あ、ううん。相変わらず仲がいいなぁと思って」

「あー、そうなんだろうね」

前の呉野くんなら否定していたか、迷惑そうな顔を浮かべていたように思うけれど、今は呆れたように高岡くんを見て笑っている。

「くーれーのー！　なんで俺を置いていくんだよ！」

高岡くんが唸《うな》っているのを「うっとうしいけど」と言った呉野くんの顔を、ずっと見ていたいと願った。

＊

「……っ」

目を開けてすぐに違和感を覚えた。

肌寒さを覚え、掛け直そうとして薄い肌掛《はだが》けに、手が届かなかった。身体が硬直して、ぴくりとも動かない。唯一、瞼を持ち上げられるだけで、手足を自由に動かすことができなかった。

視線が泳ぐ。ぴくぴくと、左右、上下に動いては、身体が動かないことを痛感する。

喉の奥から声が出ない。振り絞ってみても、声が出ていかない。

初めて、怖いと思った。自分の身体が自分の身体ではないみたいで、凄《すさ》まじい恐怖に襲われた。

意識だけを残して、さらさらと、白い日の光が部屋を明るくしていく様をじっと見ていた。

ピピピとスマホからアラームが鳴り、視線だけを動かすものの、指一本動かない。

しばらくその音を聞いていると、勝手に目覚ましの音が止まった。そうか、止めなくてもある程度の時間が経てば止まるのかと、この時はすでに恐怖よりも冷静さを取り戻していたように思う。

けれど、アラームは定期的に鳴り続ける。まるで、止めてもらえなかったことへの腹いせのように思えて仕方がない。

どたどたと、部屋の外で聞こえたかと思えば、乱暴なノックが数回響いた。

「ちょっと、幸人！　起きてるの？　アラームの音がこっちまで響いてうるさいんだけど！」

夜勤だったのか、その声はずいぶんと機嫌が悪そうだ。あ、という口の動きを作るものの、やはり音が出ていくことはない。

「もう！　起きてるの？　開けるわよ」

そう言って、不機嫌そうな顔が扉の向こうから現れては、かちりと目が合う。

「何よ、起きてるじゃない。どうして返事を――」

みるみるうちに、母さんの表情が一変していく。目をこじ開け、怒りから驚きへと急激に感情を移動させては、慌ただしく駆け寄ってきた。

「あ、あ、」と何度も繰り返す姿が異常だと、この時ようやく母さんは気づいたのだろう。血相《けっそう》を変え、「どうしたの!?」と驚きに満ちた顔へと変化した。

「動けないの？　声は？　喋れないの？　いつから？　ねえ、幸人――！」

救急車で運ばれるのは、初めてのことだったなと、どこかぼんやりと考えていた。

白い壁で囲われ、病院独特の匂いが鼻をいやに刺激する。どうもこの匂いは好きになれないなと考えていれば、柔らかな雰囲気をまとった鈴川先生が「やあ」と入ってきた。

「具合は？」

「平気です。声も出せるようになりましたし」

「そう、それは良かった」

病院とは、どうしてこうも白で支配されているのだろうかと、ここを訪れるたびに思っていた。鈴川先生が羽織っている白衣だって、純白そのもので、それがやけに似合っている。

「あまり食べることができなかったみたいだね、最近」

「……そうですね、食欲はなかったです」

食べられないことを、鈴川先生には伝えていなかった。

いつだって、『変わらないです』『前と同じです』などと答えてばかりだったが、食欲はここ最近めっきりと減っていた。

「ごめんね、ぼくが気づいてあげるべきだったのに。体重に大きな変化はなかったから、見逃してしまっていたんだ」

「いや、俺が言ってなかったので」

俺が謝ることです、と続けたかった言葉は、鈴川先生の声によって遮られる。

「ぼくの責任だ。患者さんの変化は医師として気づかなければいけない。どれだけ些《さ》細《さい》なものであっても、その変化は命に繋がることだから。それは気づかなかったでは済まされないんだよ」

真っ直ぐで、意志の強い瞳。この人は口調さえおっとりとしているのに、その唇から放たれる言葉はいつだって芯があって、自分にどこまでも厳しい。

「……そんなこと、ないです」

俺の小さな否定も、先生はやんわりと笑うだけで、心に届いているものではないんだと察する。

「だから、医師として、君に伝えておきたいことがある」

ざわざわと、葉が擦《こす》れる音は心の音とシンクロした。

「──俺の、余命ですか？」

唇の隙間から静かに出ていったその一言に、鈴川先生は一瞬目を見開いた。

真っ直ぐにぶつけられるとは思ってもいなかったのかもしれない。少し時間を空け、鈴川先生が小さくうなずいた。

「そう。君の時間だ」

覚悟をしてきたはずだった。いつでも宣告されていいように、しっかりとその覚悟だけはどこかに置いていたはずだったのに。

心が、心臓が、ひどく動揺しているのが分かった。まるで、予期していなかったかのような反応だ。あれだけ覚悟をしていたのに。

「いつまで……いつまで、生きられますか？」

音が震えてしまっていたのは、気づきたくないけれど、それでも死への恐怖を今さらながら強く抱いてしまったからだ。

鈴川先生が小さく息をこぼしたのが分かった。

「……冬を迎えることはできないと思ってほしい」

——冬。

頭の中で浮かんだ言葉を、復唱するかのように口にした。

「冬って、……あと一ヶ月ぐらいですか？」

否定してほしいという淡い期待が捨てられなかった。

終わり。この秋で、俺の命が尽きていく。その事実が頭の中ではまっていかない。

「……ああ、余命一ヶ月だ」

けれど鈴川先生は肯定した。望んだ回答をくれるわけではなかった。

人よりも早く寿命が終わってしまうことは、きちんと理解しているつもりだった。

拓哉の死を目の当たりにして、次は自分の番だとも思っていた。

けれど、――なんだ、これは。

覚悟なんて、自分にはどこにもなかったことが、今この瞬間、痛いほど分かってしまう。

どこかで〝俺は助かるんじゃないか〟と思ってしまっていた。

食欲はなくなっていたけど、それでもまだ生きていけると思っていた。

拓哉と話せなかったのは、拓哉を前にしてしまうと、自分と比べてしまうから。そんな自分が心底嫌いで嫌いで嫌いでしょうがなかった。

俺に死が訪れるのはもっともっと先の話で、建前《たてまえ》として余命宣告されても平気なように覚悟だけして――けれど、その覚悟は、本当の覚悟ではなかったらしい。

みっともないプライドと、あまりにも汚れた感情でできていると認めてしまうのが嫌だった。そんなものが自分に存在することが嫌だった。

俺は、せめて心だけは綺麗でありたいと思っていたのに。人に迷惑をかけてしまうのだから、人に見えない心だけは綺麗でいれば、俺はまだ生きていていい存在だと思えたのに。

視界が、世界が真っ暗になった。

突きつけられた現実を受け止め切れていない証拠だったのだと思う。

もう、吉瀬に会うことはできないのだろうか。

あの教室に行くことも、絵を描くことも、吉瀬と過ごすことも。こんなにもあっさりと奪われてしまうものなのか。

期間限定の店巡りだってまだ一つしか行けていないじゃないか。電車に乗ってどこか遠いところに行くことも、牧場で動物に触れ合ったり、陶芸に挑戦さえできていない。

「まだ……まだ死ぬわけには……」

遊園地も水族館もテーマパークも、彼女と見れたはずの景色が、黒く塗りつぶされていく。

死を覚悟していた。けれど、こんなにもいきなりやってくるなんて。

「吉瀬……」

描きたいものがたくさんあった。目に焼きつけてきたものだって増えたのに。

心が空《から》っぽになっていくような感覚だった。

やるせなくて、足掻《あが》いてもうどうすることもできなくて、何度も何度もベッドの上で拳《こぶし》を振り落とした。

シーツの上に手を突き落としていくことしかできない自分の運命を呪った。

〝ああ、そうか、俺は全然覚悟なんてできていなかったんだ〟

そう気づいたところで今さらどうすることもできない。運命が変わることもなければ寿命が延びることもない。

俺は、何もできない。

「カーテン開けないでって言ったじゃない」

入院して一週間。母さんが病室に入ってくるなり、慌てて窓の向こうの世界を奪っていった。

学校には、風邪が長引いていると伝えてもらっている。

吉瀬に心配をかけるわけにはいかない。

「カーテンしても紫外線が入ってくるっていうし……あ、着替え持ってきたから」

空っぽになった心に、母さんの声は煩《わずら》わしくて仕方がなかった。消せるものなら消したかった。

「そうそう、学校に休学届出したから」

「え……」

途端に浮かんだのは吉瀬の顔だった。

「だから学校にはもう行かなくていいから」

「…………は?」

引き出しに服をしまっていく母さんの背中に思わず、抜けていった自分の怒り。

「行かなくていいって……」

「安静《あんせい》にするように鈴川先生からも言われてるんだから。身体はまた少し動かせてるみたいだけど、いつ動かなくなるか分からないんだし」

「……何だよ、それ」

どうしてそこに、俺の意思を確認しなかったのだろう。

「なんで……俺に聞かなかったんだよ」

「当たり前でしょう。学校なんて行かなくていいんだから。お母さんはね、幸人のことを思って――」

「そういうのが昔から嫌いなんだよ！」

いつだって、俺の人生は勝手に決められていた。窓の外の景色を奪うだけでなく、俺の人生をまるっと奪っていくみたいで、それが嫌だった。

「なんで勝手に人の人生奪っていくんだよ！　俺の人生だろ？　なんでそう勝手に全部決めていくんだよ！」

ふと、これは誰の人生なのだろうかと分からなくなることがある。

俺は、俺の人生を歩んでいるはずなのに、勝手に敷かれていくレールを歩かされているようで、その上を踏み外すことを許されていないような気がしていた。

「学校だって、俺がいじめられていたことすら知らないくせに。楽しそうに行ってたことあるかよ！　学校に抗議の電話入れて、俺がどれだけ肩身の狭い毎日を送ってたか……そういうの一度だって考えたことあんのかよ！」

耐えられなかった。もう、心が限界だった。

「もう死ぬんだから好き勝手させろよ！」

これは決して口にしてはいけない言葉だと、分かっていたはずだった。

そんな言葉を感情に任せて言うべきではないと、分かっていたはずだったのに。

今、自分にできることは、運命を呪うということぐらいだった。

この感情をどこにぶつけたらいいか、もう何も見えなくなっていた。

「……頼むから、消えてくれ」

絞り出すように出ていった言葉に、責任は持てなかった。まき散らした言葉が、どれだけ母さんの心を抉るのか考えられるほど余裕もない。

ただ、このどす黒い感情にのまれていくだけ。沈んでいくだけ。

吉瀬への想いばかりが膨らんでいくのに、病は刻一刻と俺を蝕んでいく。

そのどうしようもない思いたちがぐるぐると渦《うず》を巻いて大きくなっていた。

積み重なったものが、まるで導火線のように、火がちりちりと辿ってしまって、いよいよ火種へと到達してしまった。

母さんは何も言わなかった。何も言わず、ただ静かに、病室から出ていく。

扉が閉まった時、体の底から湧き上がるように涙が出て止まらなかった。

――分かってるんだ。

息子に先立たれる母さんの気持ちを、考えないわけじゃない。

母さんなりに俺を守ってきてくれたことも、父さんと離婚して、ずっと一人で俺を育ててくれたことも、そんな息子がもう余命少ないことも、母さんだって辛いに決まっている。

それでも、もう、限界だった。どうすればこの感情から救われるのか、どうすれば俺は綺麗な人間でいられたのか。

「……分かんないんだよ」

こんな人生なら、生まれてこなければ良かった。

母さんにさえあんな言葉を吐くぐらいなら、俺なんて、生きている価値さえないんじゃないか。

どこまでも、俺は最低で、人を悲しませることしかできない。

どれぐらいそうしていたのか、涙はとっくに引いていた。ごしごしと近くにあったタオルで顔を拭く。

風が頬を撫で、目を閉じながら音を遮断しようとすると、レールを滑る音が聞こえた。

母さんが戻ってきたのかと思えば、

「こんにちは」

そこに立っていた人物に驚いた。

「……こん、にちは」

いきなり声をかけられ、狼狽えるように弱々しい声が出ていった。そんな俺に、理子は分かりやすく「はあ」とため息をついた。

「え……何？」

「いや？　ただ、そんなあからさまに困られるとこっちが困るっていうか。いつもの図々しい態度はどこいったのか」

「……図々しいのはそっちだけど」

「はい？」

「いや、なんでもない」

年上相手にずけずけと、棘しかないようなボールをいつも投げてくる気がするが、そこを突っ込むとまた面倒なことになりそうで、ぐっと口をつぐむ。

気持ちがまだ沈んでいる中、理子は構わず口を開いた。

「入院してるんですね」

どかっと、パイプ椅子に座る理子に「あ、……うん」とうなずく。

「鈴川先生に聞いたんです」

「そう……」

「意外でした」

淡々と言葉を出していく彼女は、俺の手をじっと見つめる。

「拓哉と同じ病気なのに、症状は全然違うんだなって。実際、あなたの肌は今も綺麗ですし」

さらりと、病室に涼しい風が吹き抜けていく。

理子とこうして会うのは、拓哉の葬式以来だった。

拓哉が亡くなり、理子とはどんな顔して会えばいいのかも分からなかったけれど、普通に会話はできる。それはきっと、理子が普段通りだからかもしれない。

「えっと……今日はなんでここに？」

「拓哉の忘れ物を引き取りにきたんです」

「ああ」

「そのついでに、お見舞いぐらいは行っておこうと思ったんです」

「あ……ありがとう」

理子特有の、ぴりっとした張り詰めた空気に、また暴言でも飛んでくるのかと構え

ていれば、

「いろいろ言ってごめんなさい、あと、ありがとうございました」

予想外の一言に、思わず拍子抜けしてしまった。

「え……」

「あなたと拓哉をいつも比べていました」

それは、理子が初めて見せた、拒絶ではなく許容の言葉だった。

「どうして幼い拓哉の方は進行が早くて、あなたは遅いんだろう、なんでそんなに肌も平気なんだろうって。同じ病気なのに全然違って、あなたに会うたびに、いつもどうしてって思っていたんです。拓哉の症状があなただったらいいのにって思ったこともありました。普通に学校に通えていたら、拓哉は楽しかったはずなのに」

理子の顔が一瞬歪む。

吐露したことのない思いを、初めて口にするような、そんな躊躇いを残しながら、彼女は続ける。

「拓哉が可哀想だと思ったこともありました。だからあなたとは会わせたくなかった。拓哉も同じことを思ってしまいそうだから。どうして自分の方が重いんだろうなんて、考えてほしくなかった」

分かっていた。

理子の拓哉に対する思いは、いつだって強く伝わってきていたから。

「でも、あなたの話をする拓哉はいつも楽しそうで、子供らしく笑っていました。子供なのに、大人に遠慮してわたしにまで気を遣っていた拓哉が、あなたといる時だけは拓哉のままでいられた」

理子の髪がさらりと前に落ち、頭を下げる。

「あの時、拓哉に会ってくれてありがとうございました。辛かったはずなのに、会ってくれて……拓哉の最後の願いを叶えてくれてありがとうございました」

うつむいていた理子の声はかすかに震えていた。いつも強気で、冷たい言葉ばかりを投げてくるあの理子は、今はどこにもいない。

愛する家族の死は、簡単に乗り越えられるものではない。これから先、何年も、拓哉のことを思い出し、涙を流し、拓哉のいない日々を過ごしていく。

そんな途方もない人生を、これから歩んでいかなければならないかと思うと、ぎゅっと胸が痛んでしまう。

理子はそんな弱さを一切見せることはない。

「……うん」

俺ができることは、ただ、理子の思いをしっかりと受け止めることだけ。それぐらいしか、なかったのだと思う。

「俺……ずっと拓哉に会うのは、申し訳ないと思っていたんだ。同じ病気なのに、俺はまだ生かされてる」

もう車椅子がないと移動できない身体になってる拓哉を見るたびに、罪悪感しかなかった。

「俺のことを拓哉はどう思ってるのか、聞くのが怖かった」

けれど、拓哉はいつも俺に笑いかけてくれた。

最後の最後まで、ゆき兄ちゃんと呼んでくれた。

「……あの時、拓哉に会わせてくれてありがとう」

そう言った俺に、理子はぶんぶんと首を振っていた。数粒、涙が流れたのを俺は見ないフリをして。

入院して二週間が経とうとしていた。窓から見えた葉が色づき始め、ずっと見ていたのはイチョウの木だったのだと知った。

吉瀬とは連絡だけ交わしていた。風邪だから心配しないでと言う俺に、無理は禁物ですとパネルを持ったうさぎのスタンプが送られてきた。

彼女らしいチョイスだなと思いながら、その後もやり取りだけは続けている。

鈴川先生から告げられた余命については、彼女に伝えないつもりでいた。

スマホの液晶《えきしょう》には、夕方、二人で撮った写真が映し出され、それを見るたびに吉瀬も同じように眺めてくれているだろうかと考える。

母さんはあれからあまり病室に来なくなった。着替えも、受付の人に渡してすぐに帰ってしまうらしい。そのおかげで、こうしてカーテンを開けていても、ああだこうだと言われることはない。

ふと、枕元の隣にある引き出しに視線が行く。

一番上には、吉瀬を描いた画用紙が全て詰め込んであった。入院してから一度も吉瀬を描いていない。

コンコンとノックが響き、返事をすれば懐かしい顔が微笑んだ。

「久しぶりね」

朝の光を浴びながら、フルーツセット片手に顔を覗かせたのはたえちゃんで、まるでここだけ春が降り注いだような暖かな光がぽっと灯《とも》る。

「個室なら気が楽じゃない？」

「そうですね……ありがたいです」

個室なんて、俺にとっては贅沢な部屋だった。たった一人、ここに残されていると、もっと別の人にこの部屋を明け渡した方がいいんじゃないかと思っていた頃だ。

「ここから見るイチョウも立派ね」

窓枠の向こうに視線を投げたたえちゃんの横顔が綻ぶ。

「ねえ呉野くん、美術コンクールどうしましょうか」

「……えっと、コンクールの絵はまだ完成してないというか」

吉瀬の絵を何枚と描いてきたけれど、コンクールに出せるような作品はまだ一枚も描けてはいなかった。そんな俺にたえちゃんは微笑む。

「もし良かったら、見せてくれないかしら」

「え……」

視線は思わずあの一番上の引き出しに逸れた。

吉瀬だけが存在するあの絵が、窮屈な場所へとしまい込まれている。それを思い出しては「いや……ちょっと」と曖昧な返事が口に出ていった。

「まだ、人に見せられるものじゃなくて……完成品じゃないので」

「いいのよ、完成品じゃなくても。呉野くんが描きたいものを、おばちゃんは気になるだけなの。先生としてじゃなくて、おばちゃんとしてだから。そんな萎縮《いしゅく》しないで」

そう言われてしまうと、固く閉ざしていた心が、少しだけ和らぐ。

自分の絵を人に見せるというのは、とても勇気がいることなんだと知り、ほんのわずか時間を要しては「はい……」とうなずいた。

引き出しから取り出した束を渡すと、たえちゃんはしばらくじっと見つめた。

「吉瀬さん？」

「あ……はい」

認めてしまっていいのか不安になり、けれどそれは他人の目から見ても彼女だと認識してもらえるぐらいには形になっているのだと、どこか安心する。

「そう……すごく綺麗」

しみじみと、感心するように、一枚一枚、時間をかけてじっくりと見つめていく。ぱらりと、紙をめくる音が響くたびに、ごくりと唾を飲んで反応を窺っている自分がいる。

何だかんだ言って、人の評価は気になるものらしい。

例え、今は先生という立場でなくとも、絵に携わる人に見てもらうというのはどうも緊張して仕方がない。

しばらく眺めていたたえちゃんは、最後の一枚を見て、ぐっと深い息を吐いた。それがどういう意味の息なのか分からず、思わず「あの」と声をかけた瞬間、

「──吉瀬さんが愛おしくてたまらないのね」

思いがけないその返しに、何かが弾けていくような感覚だった。

どくんと、心臓が激しくバウンドして、決定的な何かを突きつけられたような、そ

んな衝撃。

驚いている俺に、たえちゃんは「分かるのよ」と微笑む。

「呉野くんがどうしても描きたい気持ちだったり、相手のことをどう思っているのか、そういうのはね、見る人に伝わるの。伝わってしまうものなのよ」

ふふと肩を竦めて笑うたえちゃんには、どうやら俺が吉瀬に抱く感情なんてお見通しらしい。

「すごくいい。コンクールのテーマである、〝見えたもの、見えないもの〟が全部の絵から感じる」

彼女をおさめたいと思ったし、夕方の彼女をどうにか残したいと思った。けれど、その全てはコンクールに出せる代物かと言ったらそうでもない。こんなものを出していいのか不安になる。

下がっていく視線。落とした自分の手元に、たえちゃんの小さくて、けれども力強い手がそっと被さった。

「自信を持って描きなさい」

本音を見抜かれたような気分だった。

俺の絵なんて評価するに値するものではないと決めつけていた。それでもたえちゃんは続ける。

「描きたいものへ正直に向き合えばいいのよ。ただその人だけを見て、ただその光景だけを見て。描くってね、見つめるってことなのよ。どこまでも見つめるの。じっと見つめるの。それだけでいいの。描くことがメインじゃないの。見つめるってことが一番大切なの」

どこまでも、言葉が浸透《しんとう》していくような気分だった。

そうか、そんなことで良かったのか。

「心が動いた時じゃないと見られない景色があるものよ」

ふと心が軽くなった。空っぽだった心に、綺麗な水がどんどん注がれたような、そんな気分で、どうしようもなく泣きたくなった。

きっと誰も、そんな言葉を投げかけてはくれなかった。

その日の昼、母さんに電話をした。頼みがあると、そう言った俺に、母さんはすぐ病院に駆けつけ病室に顔を出す。

「もう、急に制服が必要だなんて言うんだから、びっくりしちゃうじゃない」

頼んでいた学校の制服を受け取りながら「ありがとう」と口にする。それから、

「ごめん、母さん。ひどいこと言って」

いきなり謝った俺に、母さんは「え」と驚いた顔を見せる。

「病気のこと、辛いのは俺だけじゃないのに。母さんにだって心配させてたのに、ごめん」

感情に任せて出ていった言葉は、どれだけ母さんの心を傷つけただろう。

言葉の傷が消えないことなんて、自分が十分理解していたことなのに。

「……いいのよ。母さんも悪かったから」

それでも母さんは笑って許してくれた。

「幸人のこと、身体ばかり見て、心は見てあげられてなかったのよね」

誰よりも身体を心配してくれていた。太陽からじゃなく、いろいろなものから俺を守ってきてくれたんだと、今さらになって感謝を覚える。

「ねえ、幸人。コンクールに絵を出品するんですって？」

いきなり出てきた話題に耳を疑う。

「え……なんで知ってんの？」

「さっき美術の先生から電話かかってきて。あなたの絵が素晴らしいって褒めてくださったのよ。コンクールに出す話もしてるけど、本人はまだ完成してないって言ってるからって。ねぇ、どんな絵を描いていたの？」

思い出すのは、無数に描き続けた吉瀬という線。

それを説明してしまうには、恥じらいというものが付属してしまう。

「……絵だよ。ただの絵」

「全然答えになってないんだけど」

答えてしまったら、きっと根掘り葉掘り聞かれてしまうような気がする。それだけはごめんだ。

母さんは膨れたような顔を見せたが「まあ、完成したら見せてね。仕事行くわ」とあっさり切り上げ病室を出ていこうとする。

「母さん」

その背中を、思わず呼び止めた。

「何？」

「……ありがとう、俺に一生懸命になってくれて」

こんな台詞、後にも先にもこれが最後だろう。感謝を述べた俺に、母さんの顔は途端にくしゃくしゃと崩れていった。

「……当たり前じゃない、わたしの子供なんだから」

きっと、あっさり帰ろうとしたのは、母さんの複雑な心がそうさせたのだろうとこの時察した。好きなことをさせろと言った俺のことを、もう縛《しば》ろうなどとは考えていないのだろうし、あれこれ詮索《せんさく》することも母さんはやめたのだろう。

それに、今の俺と一緒にいることも辛いと感じてしまうのかもしれない。

「もう、泣かせないで。仕事行けなくなるでしょ」

「ごめん、もう行っていいよ」

勝手ね、と苦笑した母さんを見送りながら、母さんごめん、と心の内で静かに謝る。

まだ許しを乞《こ》わなければならない。愚行《ぐこう》を犯す息子をどうか許してほしい。

受け取ったばかりの制服に、ごそごそと着替えた。

もう俺には時間がない。

自分に残された時間が残りわずかなら、吉瀬の絵を完成させたい。

不思議とあの空き教室に呼ばれているような感覚がした。

どうしてだろう。どうしてそう思うのだろうか。

もう残された時間がないのなら、もう命が尽きていこうとしているのなら、あの絵だけは、吉瀬と約束したあの絵だけは、最後まで描き上げなければならないと、そう思った。

窮屈な場所から、早く飛び出したくて、制服に袖を通した。もう、これを着ることはないと思っていたのに。もう、ここから出られることはないのだと。

『心が動いた時じゃないと見られない景色があるものよ』

たえちゃんはそう教えてくれた。ほんとうにその通りだと思う。今の俺じゃないと描けないものがあると思った。

ふと、松浦の言葉が浮かんだ。

『心の赴くままに。やりたいと思うことをやればいい』

今、まさしく心が動いた通りに、身体が動いている。

ほんとうは今すぐ吉瀬に会いたい。

それから、最後に見る吉瀬を描きたい。

やりたいことなんてこの先見つからないと思っていた。けれど、強烈に今、描きたい意欲に駆られている。

大人になることはできないけれど、人として大きくなることが大切なのだと言うのなら、俺は少しでも大人になれたのだろうか。

たくさんの人から優しさを与えてもらい、俺は人として、大きくなれたのだろうか。

そんな俺が描く吉瀬を、皆が認めてくれるのだろうか。

――吉瀬も、認めてくれるのだろうか。

許されている時間があるのなら、俺は今、できることをしたい。

太陽が燦々《さんさん》と世界を照らしていた。

病院を抜け出した俺を誰も追いかけてはこない。気づかれたらきっと大騒ぎだ。

――いや、それよりも、肌を守る術が何もないことを咎《とが》められるのだろうか。

肌を保護するクリームも、日傘も、手袋も、帽子も、今は何もない。何も、持ってこなかった。

制服のまま病院から飛び出し、太陽の下を堂々と走っている。

怖かった。

この太陽の光を浴びてしまうことが。

肌が焼け、じりじりと焦がされていくような感覚がたまらなく怖くて、どんどん死に近づいていくようでずっと避けてきた。

それなのに、太陽に照らされたら世界を思いっ切り走ってみたいという夢は消えなかった。消えなかったからこそ、今、思いっきり太陽を浴びて走っている。

それは恐怖よりも、快感に近かったのだと思う。

何も怖くない。

恐れるものが何もない。ずっと焦がれていた世界で、俺は息をして生きている。そう感じられるこの瞬間がどうしようもなくうれしかった。

眩《まぶ》い光が、こんなにも気持ちのいいものだとは知らなかった。

日差しが、こんなにも暖かいものだとは知らなかった。

太陽が、こんなにも世界を照らしているなんて、俺は何も知らなかった。

まだ生徒がいてもおかしくないのに、校舎はがらんとしていた。校舎に掛けられた時計は十五時を過ぎている。

ここに来ることも、正直ないと思っていた。

もうここに来ることは許されていないと思っていたのに。

呼吸が乱れている。こんなに走ったのは人生で初めてかもしれない。

油断すると膝から崩れてしまいそうで、校舎を囲う緑のフェンスに片手だけを着いた状態で何とか持ちこたえた。

走ると、心臓はこんなにもうるさいのか。

そんなことを漠然と思っていた。それでいて、死にかけの自分の心臓がきちんと動いていることを認識できた。

俺はまだ生きている。まだ、ちゃんと、生きている。

昇降口で上履きに履き替え、二週間ぶりの校舎にもかかわらず、視線はただ一直線だった。

肌がヒリヒリする。紫外線を目一杯浴びたからだ。それでも、そんな痛みはどうだっていい。今は、そんなこと気にしてなどいられない。

あの特別な教室めがけて走り、躓きそうになっても走り、そうして、扉に手をかけた瞬間――世界が止まったかと思った。

吉瀬が、いつもの指定席に座っていた。

俺がこの学校から消えて二週間が経つというのに、彼女はたしかにその場所にいて、俺のことを見つめている。

「え……呉野くん？」

「きち……せ……」

上手く声が出せない。

太陽の下を走ってきたのだから、水分を失っていても当然かもしれないが、そんなことよりもきっと、単純に驚きの方が勝ったのだと思う。その驚きは、もちろん吉瀬も同じだった。

「どうして学校に……風邪が長引いてるんじゃ……」

ひどく驚いた彼女に、ほっと胸を撫で下ろす。良かった。ほんとうに。

これは、神様がくれた俺へのプレゼントだろうか。太陽を浴びることを禁じられていた俺に、一番綺麗で暖かい太陽を与えてくれたのだろうか。

「太陽を浴びたら、君に——吉瀬に、会いに行けると思ったんだ」

代償を払えば、会えるような気がした。

今まで守り続けていた身体を、太陽に捧げたような気分だ。

吉瀬のことだけを考えて、無我夢中《むがむちゅう》で駆け抜けた。

彼女の硝子玉のような瞳がゆらりと揺れている。何度か瞬きを繰り返し、視線を落とし、ふと上げたかと思えば、彼女はいつもの笑顔を浮かべた。

「何だか、呉野くんがいると、ようやくここが成り立つ気がするね」

久しぶり、なんて会話が飛び交うわけでもなく、まるでついさっきまで話をしていたような流れに、若干狼狽えながらも「……そう？」と教室に踏み込んだ。

「呉野くんがいないとね、この部屋って何もないんだなって思ったの。こんなにも静かだったのかなって。呉野くんと過ごした思い出は抜けているのに、寂しいって感情は抱いたんだよ。何だか不思議だよね」

吉瀬の艶やかな黒髪がさらりとなびく。枝毛さえ知らないような綺麗な髪が夕日を受けて橙色に染まっていた。

「今日は短縮授業だったからほとんどの人は帰ったんじゃないかな。部活も休みだし」

「あ……テスト週間か」

「そう。でも家で勉強する気分になれなくて、ここに残ってたんだ。呉野くんに会えるかなって期待したら、ほんとうに会えちゃった」

俺が学校にいない期間も、吉瀬は俺のことを考えてくれていたのだと知って、胸がいっぱいになる。

「……吉瀬が残っててくれて良かった」

「わたしも。運使い果たしてないか心配だよ。あ、風邪は大丈夫?」

「……うん、大丈夫」

彼女は瞳を輝かせ、口元で両手を合わせる。

「良かった!」

真っ直ぐで、無垢《むく》な声。微塵も疑っていないような調子に、一瞬うっと声が詰まり、無理に喉の奥に押し込んだ。

そんな俺に気づかないでくれている吉瀬は「あのね、絵が完成したの」と脇に置いてあったイーゼルをこちらに向けた。

「美術の授業で描いていた呉野くんの絵。呉野くんみたいに才能があるわけじゃないから上手くないし、本人に見せられたものじゃないけど……」

そんな謙遜を前置きとして並べていた彼女の絵には、たしかに俺が描かれていた。

「……すごい、俺だ」

白と黒のたった二色の世界で、俺はたしかに一枚の絵の中にいた。

「太陽……」

バックは黒で塗られているのに、左上だけはまるで太陽のように空間があって、俺を照らしている。

「せめて絵の中だけは、太陽を浴びても微笑んでる呉野くんにしたかったの」

彼女の瞳には、こんな顔で笑っている俺が映っていたのか。

そう思うと、恥ずかしさが滲んでくる。

「……ありがとう、描いてくれて」

「もっと上手に描きたかったんだけどね。やっぱ人を描くって難しいね」

人物画は簡単には描けないものなんだと知った。

写真とは違い一瞬で切り取れるわけでもないし、時間もかかる。出来栄《できば》えに満足いくようなものはなかなかできない。

「でも、それに挑戦しようとしている呉野くんはやっぱすごいね」

しみじみと呟いた彼女に、小さく首を振る。

「すごくはないよ、全然……ごめん。授業に出られなくて。俺がいないのに描くなんて大変だったでしょ」

「気にしないで。わたしの脳内にまるっきり呉野くんがいないわけじゃないんだから。細かいところは誤魔化しちゃってるけど……」

吉瀬の記憶の中に、俺がいるんだということがうれしかった。

「そっか……うん、ありがとう。あ、でも俺の方は完成できてなくて。もう次の授業に変わった？」

「今度はあの石膏像の、えっと……」

「もしかしてラボルト？」

「あ、そう！　人だけど、首から上しかないから、皆安心してたよ」

そう苦笑する顔につられて頬が緩む。そうか、今度はラボルトになったのか、それはたしかに安心だ。

「体調は平気？」

「平気……それより、今の吉瀬を描いてもいいかな」

今じゃないと描けないものがある。ぜったいに、今じゃないと、今の俺じゃないと、描けないものが。

吉瀬は少し戸惑った表情を浮かべたけれど、すぐにあの優しい笑みへと変わる。

「分かった」

鼓膜に甘く響くその音と、ふんわりとした彼女の笑顔は、簡単に俺の心を満たしていた。

イーゼルを準備して、用紙をセットする。その向こうで、彼女が座っている。

この光景を、俺はぜったいに忘れないと誓った。俺のために割《さ》いてくれた彼女の時間を、決して無駄にはしたくない。

忘れられていく夕方の記憶を、どうか俺の中だけでいいから大切にしまっておきたい。

例え彼女が覚えていなくても、例えこの時間が消えてしまっても、彼女と過ごした時間はたしかにこの部屋に存在していた。

もう、それでいいような気がした。

多くを望まない。

普通でなくとも構わない。

けれど、彼女と過ごしたこの時間だけは、褪《あ》せることなく、色鮮やかに覚えていられればそれで、もうそれで構わない。

「ねぇ、吉瀬」

「ん？」

「覚えていないかもしれないけど、夏休み前に、蝉の墓を作ったんだよ、俺たち」

鉛筆を何度も画用紙の上で滑らせながら、思い出話に興じる。

手も思うように動いてはくれない。あの太陽の下を走ったせいか、ずっと息もしづらい。

彼女と一枚、イーゼルを挟んでいられて良かったと心底思う。

この手の震えも、力の入らない線も、彼女の目に届くことはないから。

「情けない話だけど、俺、蝉が触れなくて。ただ地面に転がっていた蝉を見ていたら、吉瀬がやってきたんだ。事情を説明したら、なんてことない顔で蝉を掴んで、お葬式しようって」

「やだ、そんなこと言い出したの、わたしだったの？」

おかしそうに肩を竦めた彼女に、口元が自然と緩んだ。

「あの時、吉瀬は『早く生まれ変われるといいね』って蝉に言ったんだ。そんなこと言う人初めて見たからびっくりした」

「わたしも自分のことなのにびっくりした」

「墓を作って手を合わせるって、形だけだけど、それで救われることもあるって吉瀬が言ってて。その意味、今なら何となく分かる気がする」

拓哉の葬式に参列した時、どうして拓哉が亡くなったことを改めて認識しなければならないのだろうと、泣き崩れる理子の背中を見て思った。

屈託なく笑う拓哉の写真が、もう遺影だと呼ばれてしまうことも、拓哉がお気に入りだったぬいぐるみを棺桶に入れることも、全部が理解できなくて、どうして死んだことを受け止めなければいけないのか理解できずにいた。

こんな儀式《ぎしき》が必要なのか、あの時の俺は意味を見出せないでいたけれど、今ならきちんと受け止められるような気がする。

拓哉を見送ることは、残された人間にとって必要なことなんだ。

蝉の墓を吉瀬が作った時、気持ち的に安心した。

あそこで踏まれるよりもずっと良かった。

それは蝉のためもあるかもしれないけれど、それを見送る人間の心にとっても大事なことだった。

「俺、吉瀬の言葉で救われてることたくさんあるんだよ」

「わたしの言葉で?」

「そう、今までたくさん」

数え切れないほど、彼女という存在に救われてきた。

知らなかった感情をたくさん教えてもらった。自分に醜い感情があることも知った。人を愛する気持ちだって知った。

「吉瀬がくれた言葉は、全部宝物だよ」

俺の絵を好きだと言ってくれたことも、俺との時間を楽しく過ごしてくれたことも俺の心に降り注いだ太陽の光がたくさんある。

「吉瀬に出会えてほんとうに良かった」

それは、心から自然と湧き出た言葉だった。

今ならどんなことでも彼女に伝えられるような気がする。

普段なら恥ずかしくて言えないようなことでも、今ならその恥じらいを捨てて真っ直ぐに言葉にすることができる。

「……うれしい」

彼女は困ったように、けれども優しく笑うように自身の前髪に触れた。

その何気ない仕草でさえ、目に焼き付けておきたい。

「わたしね、このまま呉野くんに会えなくなったらどうしようって思ってたの。伝えたいことたくさんあったのに、何も伝え切れていないって」

「伝えたいこと？」

俺の問いかけに、彼女はゆっくりとうなずいた。

「次の日には忘れてしまうわたしのことを、呉野くんは受け止めてくれた。代わり映えしない夕方を、呉野くんがかけがえのないものにしてくれた。呉野くんと夕方を過ごせてほんとうに幸せなの」

そう思ってもらえていただけで、もう十分だ。もう、何も望んだりしない。

「……俺も、吉瀬と夕方を過ごせて幸せだよ」

もう伝えることができないかもしれない。

例え時間が延びたとしても、俺に残された時間はあまりにも短い。

心臓は、いつか止まってしまう。俺だけじゃなく、命あるものは平等に、その終わりが与えられている。

俺の場合はそのタイミングが人より早いだけだ。

だからこそ、どくどくと波打つこの心臓の音が消えるその時まで、俺は、俺が生きた証しを残していきたい。

「吉瀬」

彼女の瞳が大きく跳ねる。改めて見る彼女の視線は蜂蜜のように甘い。

「俺に、吉瀬の夕方をくれて、ありがとう」

大それたものじゃなくていい。けれど、彼女に自分の気持ちを伝えることは、俺にとって生きた証しとなっていく。

なあ、拓哉。

俺も生まれてくることができて良かったと思えたよ。

あの時『幸せだ』と言った拓哉を信じてやれなかったけど、でも今、俺もすごく幸せだ。

残り少ない俺の人生に、彼女との時間があったことは、せめてもの救いだった。

彼女は長い睫毛をかすかに揺らし、その奥に隠した瞳もゆらゆらと揺れたように見えた。

「わたしも、夕方をもらってくれたのが呉野くんで良かった」

その大きな瞳には、涙が滲んでいた。それは音もなく静かに彼女の頰を流れていく。

それが、どれだけ俺の心に染み込んでいったか、彼女はきっと知らない。

知らなくていい。俺だけのものでいてくれれば、それで。

「吉瀬、俺——……」

第八章　夕暮れサーチライト

呉野くんが亡くなったと聞いたのは、あの日、空き教室で最後に会った日から一週間後のことだった。

その知らせはあまりにも唐突で、松浦先生から伝えられたときもその事実が受け止められなかった。


絵の具で塗ったような見事な紅葉は、何気ない日常を送っているうちに、あっという間に終わってしまっていた。

見上げれば、それは娯楽《ごらく》として人は愉《たの》しむものなのに、いざ地面に落ちてしまうと、まるでごみのように踏み荒らされていく。

ふと、濡れるように広がった落ち葉の中に、季節外れの蝉を見つけて、思わずじっと見つめてしまう。

蝉の亡骸を見つけると、こうして目を留めてしまうことが増えた。

『吉瀬さん、近くの美術館でね、美術コンクールが開催されているの。呉野くんも参加してるから、良かったら見てきてあげて』

美術の授業を終えた時、たえちゃんにそう言われた。

『それから、これ。ある人から預かってたものなの。呉野くんの絵を見たら、読むといいわ』

渡されたのは差出人不明の白い封筒《ふうとう》だった。

行くべきかどうかギリギリまで躊躇《ちゅうちょ》し、それでも今、放課後に美術館を訪れていた。

入口には『高校生デッサンコンクール』と書かれたパネルがひっそりと佇んでいる。受付を済ませ中に入ると、壁には人物画がずらりと並べられていた。

一つ一つ確認するように見ていると、やたらと周囲の視線が自分に向けられているような気がした。どうしてだろう、そう不思議に思っていると、通路の奥に通じる大きな部屋が目に留まる。吸い込まれるように入っていくと――。

「え……」

何枚と飾られた自分の絵に息が止まった。

壁一面に展示された絵。

それらが全て、わたしであることに目を瞠る。

何枚も、同じ人物を描いたそこには、様々な表情を浮かべるわたしが描かれていて、その下には【呉野幸人】と名前が記されている。タイトルは――。

「夕暮れサーチライト……」

いつの日か、呉野くんがわたしに向けてくれた言葉が、絵と一緒に飾られていた。

日記で触れたその言葉は呉野くんがわたしに与えてくれたものだった。

その言葉に連れられて、忘れてしまった夕方の思い出が、ふわりと風にのせられてやってくるような気がしたけれど、結局思い出すことはできなかった。

目の前にある絵が呉野くんの前にいたわたしなんだと思うと、どうしてだか、胸がじわじわと熱くなっていく。

呉野くんが描いてくれたわたしには、いつの日か見たりんごの絵のように、光と闇が共存《きょうぞん》されていた。

笑っているのに哀愁《あいしゅう》が漂っていたり、かと思えば、悲しさを背負いながら強く惹かれるようにどこかを見ていたりする横顔。綺麗事だけではない、リアルなわたしが忠実に描かれている。

一つ一つの表情がとても細かくて丁寧で、これがわたしなのだろうかとその場から動けなくなってしまった。

『吉瀬、俺――……夕方の吉瀬も、普段の吉瀬も、好きだよ』

呉野くんと最後に交わした言葉が蘇る。

『どうして今……忘れちゃうかもしれないのに』

呉野くんの想いを聞かせてもらっても、明日には忘れてしまう。それでも呉野くんは言った。

『忘れてくれていいんだ。……重荷に思ってほしくないから』

『重荷だなんて……！』

『今の吉瀬に伝えられれば、それでいい。今だけ、覚えてくれていれば』

忘れたくなんてなかった。呉野くんの想いをぜったいに消してしまいたくなんてなかった。日記に残し〝お願いだから忘れないで〟と切実な文面を翌朝読んだ時、覚えていたことに驚いた。

あの日、少しだけ早い時間に会えたおかげで、夕方に差しかかる前の記憶が残っていたのだろうか。

それとも、呉野くんとの最後だからと、奇跡が起こったのだろうか。

壁に飾られている絵のど真ん中には、薄暮の中、微笑みながら泣いているわたしがおさめられている。

どうしてこれが夕方だと思うのだろう。どうして、これがあの日のことだと分かってしまうのだろう。

それを証明するように、絵の右下には小さく【俺が見た最後の君】と、刻むように描かれていた。

嫌いだったあの時間を、夕方を、呉野くんは必死に残そうとしてくれていた。どんな顔をしているか、わたしに教えようとしてくれていた。

あの日、ほんとうは病院を抜け出していたことも、もう死が迫っていることも、何も言わなかった呉野くんは、いつもと変わりなく笑っていた。

思い出したい。

心の底から強く、呉野くんと過ごした思い出を全て記憶していたいと願うのに、それはどうしたって叶えられなかった。

あの日記のわたしは、きっとその時間に縋るようにしがみついていたのだろう。

忘れたくないと、覚えていたいと、必死で書けるだけ書いて、奇跡を願って。

呉野くんの死が松浦先生から伝えられた瞬間、世界が真っ白になってしまった。

涙を流すことができず、呉野くんの死を受け止めることもできず、放心状態のまま呉野くんのお葬式に向かった。

涙が一切出なかったのは、それが現実だと思えなかったからだ。

「――っ」

それなのに今、呉野くんの絵を見て、視界がぼんやりと滲んでいく。じわっと熱くなる瞳からは、頬を熱いものが流れてた。

ああ、もう呉野くんには会えないんだ。そう思うと、ぼろぼろ涙が落ちていく。

呉野くんと過ごしたわたしは、たしかに笑っていた。

「手紙……」

ふと、たえちゃんからもらった手紙を思い出し、通学鞄から取り出す。

中身を読んだ瞬間、目を疑った。

【吉瀬へ
泣いてないですか？

どうか泣かずに、それからできれば笑って、この手紙を読み終えてほしいです。

吉瀬。

俺に吉瀬の夕方をくれてありがとう。

俺に吉瀬を描かせてくれてありがとう。

夕方の吉瀬は悲しそうでも、寂しそうでもなかったよ。

ただただずっと、楽しかった。

いつまでも続いてほしかった。

明日も、明後日も、そのずっと先も、吉瀬のことを描いていきたかった。

吉瀬はどんな女性になるのだろうか。

吉瀬はどんな大人になるのだろうか。

俺の知らない吉瀬がこれから先を生きていくのだと思うと、初めてこの世界を名残《なごり》惜《お》しいと思った】

呉野くんの声でそう聞こえた気がして、途端に今までの夕方の記憶が流れ込んでくるかのように、心臓がどくんと音を立てる。

真剣にわたしを見つめる呉野くんの瞳も、時折気が抜けたようにリラックスする姿も、笑ってくれるその顔も、日記に書かれている呉野くんの顔は何も思い出せないけれど、最後に会ったあの夕方だけは、はっきりと思い出せる。

【吉瀬がこの先も、ずっと笑顔でいられるように、夕方にもう悲しさを抱かないように、ずっと守ります。

だからどうか、もう夕方に苦しまないで。

吉瀬は、ほんとうに、楽しそうに笑っているよ。

いつか、また会えたら俺が迎えに行きます。

それまでは、吉瀬が笑っていられるように見守っています】

ぼろぼろと涙が溢《あふ》れて止まらなかった。

身体の力が抜けて膝から崩れてしまっても、その手紙だけは強く胸の中に抱きしめていた。

『わたしも……わたしも好きだよ』

あの日、そう伝えたわたしに、呉野くんは目を丸くさせ『ありがとう』と泣きそうな顔で笑っていた。

──ごめんね、呉野くん。

笑って読み終えることなんて、できないよ。

出展された呉野くんのあの絵は、特別賞という形で評価されたと後にたえちゃんが教えてくれた。

西に傾いた太陽が、橙色に染まっている。赤くて、まるでわたしを闇へと引きずり込んでいくこの時間が嫌いでたまらなかった。

明日になったら、今のこの光景も忘れてしまう。

覚えていられない時間なんて必要ないと、そう思っていたのに。

呉野くんといたあの夕方の時間は、太陽の光が海面に反射するようにきらきらと輝いていた。楽しくて仕方がないような、そんな気持ちが日記から伝わって、読んでいても心が満ちていくような感覚になる。

呉野くんが描いていてくれた絵を見て、この時間のわたしは、どの時間のわたしより、わたしらしいと思った。

ゆらゆらと視界が揺れる。夕日が燃えているのか、それともまた、視界に涙がたまってるのか、分かってしまいたくなくて、誤魔化すように空を見上げた。

ねえ、呉野くん。今、どこにいますか？

わたしのこと、見てくれていますか？

どうしてわたしを描いてくれたのか、どうしてそこまで残してくれようとしたのか、呉野くんの言葉で聞かせてほしかった。

どうしようもなく焦がれてしまうほど、呉野くんに会いたくて、けれど、どこに行っても、どこを見ても、呉野くんの姿を視界に捉えることはできなくなってしまった。

「……大丈夫、わたしは、大丈夫だよ」

そう言い聞かせるように空を仰ぐ。

気分が落ちてしまいそうになる時は、呉野くんが残してくれた奇跡のような夕方がわたしを強くしてくれるから。

だからそれまでは――またいつか会えるその日が来たら、

「待ってるからね」

あの日のように、迎えにきてくれるだろうか。

〝夕暮れサーチライト〟

呉野くんがあの絵につけてくれたタイトルを心に焼きつけて生きていく。

わたしにとって、呉野くんは光でしかなかった。
絶望してしまうこの夕方に、一筋の強い光を与えてくれた、かけがえのない人。
忘れてしまっても、覚えていなくても、あの日記が教えてくれる。
彼と過ごしたかけがえのない時間を、わたしはまた、何度だって過ごしていく。
沈んでいくその夕日の下には、もう呉野くんはいない。
けれど、その光の先には彼がいるような気がして、ただ静かにその夕日を眺めた。
強い光が消えていくまで、いつまでも、いつまでも。

あとがき

この度は数ある本の中から「30日後に死ぬ僕が、君に恋なんてしないはずだった」をお手に取っていただき誠にありがとうございます。

本作は『エブリスタ小説大賞2020×スターツ出版文庫大賞』で大賞を受賞させていただき、書籍化する運びとなりました。

太陽を浴びることの出来ない青年の話を描こうと思ったきっかけは、私自身が小学生のときに、色素性乾皮症《しきそせいかんぴしょう》を患っている同級生の男の子がいたことを思い出したからです。

大人になり、どういう病気だったのか詳しく調べていく過程で、その子がどれだけ大変な病を患っていたのかを痛感したことがこの物語の始まりでした。

病という逃れられないものをテーマに、それでも懸命に生きていく人たちがいること。渇望してしまうほど手を伸ばしたいものがあること。それが簡単には叶えられないこと。

今回、呉野が抱えた病とは別に、悩み、葛藤は、生きていく上で必ずしも通るものではないかと思っています。

そんな中で、吉瀬や高岡のように寄り添ってくれる誰かがいてくれることは心強く、人に傷つけられながらも、人に救われ、前を向いて生きていけるような気がします。

隠しておきたいものは誰かしら必ずあるものだと思います。

けれど、いつか対峙《たいじ》しなければならない時、心にそっと小さな灯りを与えられるような作品になれば。それは温かな火となり、あなただけの光となり、ほんの少しでも寄り添えられる作品となればと、大それた願いを込めます。


最後となりましたが、作品を大事に、そして親身になってくださった担当編集の森上様。作品をより良く的確に添削してくださった編集協力の中澤様。儚いながらも美《び》麗《れい》な世界観でカバーを担当してくださったあすぱら様。ここで名前をあげさせていただいた以外の方も含め、携わってくださった皆様に心より感謝申し上げます。

そして、この作品をお手に取ってくださった読者の皆様に心よりお礼申し上げます。

茉白いと

この物語はフィクションです。実在の人物、団体等とは一切関係がありません。

茉白いと先生へのファンレターのあて先
〒104-0031　東京都中央区京橋1-3-1　八重洲口大栄ビル7F
スターツ出版（株）書籍編集部 気付
茉白いと先生

30日後に死ぬ僕が、君に恋なんてしないはずだった

2021年9月28日　初版第1刷発行

著　者　　茉白いと　©Ito Mashiro 2021

発行人　　菊地修一
デザイン　フォーマット　西村弘美
　　　　　カバー　徳重 甫＋ベイブリッジ・スタジオ
発行所　　スターツ出版株式会社
　　　　　〒104-0031
　　　　　東京都中央区京橋1-3-1　八重洲口大栄ビル7F
　　　　　出版マーケティンググループ　TEL 03-6202-0386
　　　　　（ご注文等に関するお問い合わせ）
　　　　　URL　https://starts-pub.jp/
印刷所　　大日本印刷株式会社

Printed in Japan

ISBN　978-4-8137-1154-4　C0193

スターツ出版文庫　好評発売中!!

記憶喪失の君と、君だけを忘れてしまった僕。2～夢を編む世界～　小鳥居《ことりい》ほたる・著

生きる希望もなく過ごす高校生の有希は、一冊の本に出会い小説家を志す。やがて作家デビューを果たすが、挫折を味わいまた希望を失ってしまう。そんな中、なぜか有希の正体が作家だと知る男・佐倉が現れる。口の悪い彼を最初は嫌っていた有希だが、閉ざしていた心に踏み込んでくる彼にいつしか救われていく。しかし佐倉には結ばれることが許されぬ秘密があった。有希は彼の幸せのために身を引くべきか、想いを伝えるべきか揺れ動くが…。その矢先、彼を悲劇的な運命が襲い——。1巻の秘密が明らかに!? 切ない感動作、第2弾！

ISBN978-4-8137-1139-1／定価693円（本体630円+税10%）

半透明の君へ　春田《はるた》モカ・著

あるトラウマが原因で教室内では声が出せない“場面緘黙症”を患っている高2の柚葵。透明人間のように過ごしていたある日、クールな陸上部のエース・成瀬がなぜか度々柚葵を助けてくれるように。まるで、彼に自分の声が聞こえているようだと不思議に思っていると、成瀬から突然『人の心が読めるんだ』と告白される。少しずつふたりは距離を縮め惹かれ合っていくけれど、成瀬と柚葵の間には、ある切なすぎる過去が隠されていた…。“消えたい”と“生きたい”の間で葛藤するふたりが向き合うとき、未来が動き出す——。

ISBN978-4-8137-1141-4／定価671円（本体610円+税10%）

山神様のあやかし保育園二～妖こどもに囲まれて誓いの口づけいたします～　皐月《さつき》なおみ・著

お互いの想いを伝え合い、晴れて婚約できた保育士のぞみと山神様の紅。同居生活をスタートして彼からの溺愛は増すばかり。でも、あやかし界の頂点である大神様のお許しがないと結婚できないことが発覚。ふたりであやかしの都へ向かうと、多妻を持つ女好きな大神様にのぞみが見初められてしまい…。さらに大神様の令嬢、雪女のふぶきちゃんも保育園に入園してきて一波乱!?果たしてふたりは無事結婚のお許しをもらえるのか…？保育園舞台の神様×保育士ラブコメ、第二弾！

ISBN978-4-8137-1140-7／定価693円（本体630円+税10%）

京の鬼神と甘い契約～天涯孤独のかりそめ花嫁～　栗栖《くりす》ひよ子・著

幼い頃に両親を亡くし、京都の和菓子店を営む祖父のもとで働く茜は、特別鋭い味覚を持っていた。そんなある日、祖父が急死し店を弟子に奪われてしまう。追放された茜の前に浮世離れした美しさを纏う鬼神・伊吹が現れる。「俺と契約しよう。お前の舌が欲しい」そう甘く迫ってくる彼は、身寄りのない茜を彼の和菓子店で雇ってくれるという。しかし伊吹が提示してきた条件は、なんと彼の花嫁になることで…!?祖父の店を取り戻すまでの期限付きで、俺様&溺愛気質な伊吹との甘くキケンな偽装結婚生活が始まって——。

ISBN978-4-8137-1142-1／定価638円（本体580円+税10%）

スターツ出版文庫　好評発売中!!

『今夜、きみの声が聴こえる～あの夏を忘れない～』　いぬじゅん・著

高２の咲希は、幼馴染の奏太に想いを寄せるも、関係が壊れるのを恐れて告白できずにいた。そんな中、奏太が突然、事故で亡くなってしまう。彼の死を受け止められず苦しむ咲希は、導かれるように、祖母の形見の古いラジオをつける。すると、そこから死んだはずの奏太の声が聴こえ、気づけば事故が起きる前に時間が巻き戻っていて――。咲希は奏太が死ぬ運命を変えようと、何度も時を巻き戻す。しかし、運命を変えるには、代償としてある悲しい決断をする必要があった…。ラスト明かされる予想外の秘密に、涙溢れる感動、再び！

ISBN978-4-8137-1124-7／定価682円（本体620円＋税10%）

『余命一年の君が僕に残してくれたもの』　日野祐希《ひのゆうき》・著

母の死をきっかけに幸せを遠ざけ、希望を見失ってしまった瑞樹。そんなある日、季節外れの転校生・美咲がやってくる。放課後、瑞樹の図書委員の仕事を美咲が手伝ってくれることに。ふたりの距離も縮まってきたところ、美咲の余命がわずかなことを突然打ち明けられ…。「私が死ぬまでにやりたいことに付き合ってほしい」――瑞樹は彼女のために奔走する。でも、彼女にはまだ隠された秘密があった――。人見知りな瑞樹と天真爛漫な美咲。正反対のふたりの期限付き純愛物語。

ISBN978-4-8137-1126-1／定価649円（本体590円＋税10%）

『かりそめ夫婦の育神日誌～神様双子、育てます～』　編乃《あみの》 肌《はだ》・著

同僚に婚約破棄され、職も住まいも全て失ったみずほ。そんなある日、突然現れたのは、水色の瞳に冷ややかさを宿した美神様・水明。そしてみずほは、まだおチビな風神雷神の母親に任命される。しかも、神様を育てるために、水明と夫婦の契りを結ぶことが決定していて…⁉「今日から俺が愛してやるから覚悟しとけよ？」強引な水明の求婚で、いきなり始まったかりそめ家族生活。不器用な母親のみずほだけど、「まぁま、だいちゅき」と懐く雷太と風子。かりそめの関係だったはずが、可愛い子供達と水明に溺愛される毎日で――⁉

ISBN978-4-8137-1125-4／定価682円（本体620円＋税10%）

『後宮妃は龍神の生贄花嫁　五神山物語』　唐澤和希《からさわかずき》・著

有能な姉と比較され、両親に虐げられて育った黄煉花。後宮入りするも、不運にも煉花は姉の策略で身代わりとして恐ろしい龍神の生贄花嫁に選ばれてしまう。絶望の淵で山奥に向かうと、そこで出迎えてくれたのは見目麗しい男・青嵐だった。期限付きで始まった共同生活だが、徐々に距離は縮まり、ふたりは結ばれる。そして妊娠が発覚！しかし、突然ふたりは無情な運命に引き裂かれ…「彼の子を産みたい」とひとり隠れて産むことを決意するが…。「もう離さない」ふたりの愛の行く末は⁉

ISBN978-4-8137-1127-8／定価660円（本体600円＋税10%）

書店店頭にご希望の本がない場合は、書店にてご注文いただけます。